# Il libro dei morti

## Alfredo Panzini

*Il libro dei morti*

# Alfredo Panzini

## CAPITOLO I.

### Prologo.

Una sentenza di Pitagora, riferita da gli antichi filosofi, dice che – nessuno, senza comando del duce, che vuol dir di Dio, si deve partire da la sua stazione ne la vita –; significando con ciò come, anche per i credenti, essa sia triste e non valga la pena d'essere vissuta.

Ora, ai nostri tempi, vi fu un uomo credente che avea nome G. Giacomo il quale, non a malincuore, ma lietamente fece la sua scolta in questo breve periodo de la vigilia dei sensi, ed amò la vita e gli piacque di vivere.

Egli era cresciuto secondo certe massime semplici, che sono il fondamento dell'Evangelo, perdurando in quelle per più di settant'anni; ed inconsciamente le aveva contemperate con le leggi de la natura, senza che queste si trovassero in disaccordo con quelle; anzi le une si avvalorarono per virtù de le altre con felice armonia.

Ma ciò forse avvenne perchè egli fu un uomo semplice e non un filosofo; e la sua fede era troppo viva per venire a contrasto con la ragione; la quale era molto rimessa e più intenta a le piccole cose de la vita che a speculare di metafisica.

Queste, forse, furono le cause perchè egli amò di vivere; che anzi quando giunse il tempo di partirsi dal suo posto e di avviarsi al bel regno di Dio, pur gli rincrebbe di lasciare le cose che amava: la moglie, un figliuolo non ancora ben formato da gli anni e dall'esperienza, i bei campi solatìi dove maturava la spica e l'ulivo e dove egli visse la sua lunga vita.

Vero è che la fede cristiana per bocca di Sant'Agostino lo ammoniva che, – misero è ogni animo vinto dall'amore de le cose terrene ed è dilaniato quando le perde. –

Ma G. Giacomo non aveva letto, io credo, nè Sant'Agostino , nè Lattanzio , nè Tommaso da Kempis; d'altra parte ebbe rallegrata la vita da molto sole e da molta bontà e da molto amore, così che mai non provò il bisogno di confortare lo spirito in quelle sottili letture.

Ora, quand'egli era in vita, passando presso il cimitero, diceva tra sè molto piamente: – Anche questo povero corpo deve riposare bene qui! –

Il cimitero era tutto quadrato da un muricciuolo su l'alto d'un colle e davanti si apriva una valle grande; ed il mare, non molto lontano saliva ne la conca de la valle alto ed azzurro.

Aggrondati, immoti erano i cipressi che si scagliavano al cielo con le punte nere. Ma, fuori, recingendo il muricciuolo, salivano i pioppi snelli ed aerei; e dentro erano viali di mortella, cespi di crisantemi e di rosette selvagge e nidi di rondini molte che garrivano nei lunghi e silenziosi meriggi, sui pioppi, sui cipressi e su le pietre funerarie. Ci si doveva pure stare bene lì in cimitero!

***

Da tre anni G. Giacomo giaceva in un cantuccio di quel cimitero, quando in una notte lunata e gelida d'inverno, ottenne di levarsi dal suo sepolcro: sorse e si avviò verso quella che fu la sua casa.

I morti camminano in fretta, come dice una ballata tedesca, ed egli non molto andò fuggendo per il silenzio de la serena notte, che fu giunto presso un viale di alberi dietro i quali biancheggiava una villa per la luna che vi battea in piena luce.

Quella era la buona casa antica di sua gente. Non la circondava nessun parco all'inglese, piantato a cedri ed a pini e digradante fra cupe edere e stagni; ma pel declive del colle s 'arrampicavano i tronchi de gli ulivi – gentile pianta latina – e, al buon tempo, frondeggiavano col loro fine fogliame argenteo e v'erano filari di viti e campi di grano. Non serre di piante rare o stranie rose; ma i veroni erano il maggio fioriti di garofani che sanno profumo caldo d'estate, di basilico e di gerani fiammanti. Presso la porta crescevano due cespi di rosmarino, un tempo pianta sacra ai buoni dei Lari, ora usata solo a condire i capponi casalinghi che si rosolano a lo spiedo: ma gli antichi Lari, se aleggiano ancora, erranti spiriti, su le dimore, non isdegnano, io penso, il nuovo uso de la sacra pianta, pur che la famiglia fiorisca e il focolare risplenda.

In quella casa, dunque, i morti volentieri vi ritornavano perchè volentieri vi erano in vita vissuti? Ahimè! gli altri morti se potessero ancora ritornare in vita, sarebbero assai tristi ed amerebbero meglio rimanersene dove erano, perchè la casa che fu di loro, e dovea essere tempio ai figliuoli ed ai nepoti, troverebbero abitata da altra gente; i campi che essi coltivavano, venduti; i corridoi dove ridevano i bimbi ed il sole, desolati o rifatti a nuovo; le stanze de le buone nonne, un dì tutte serene di Madonne e di preghiere, profanate; ed anche i letti, la mensa, le stoviglie furono, per avventura, messe all'incanto e poi divise fra genti ignote.

E se volessero rivedere la loro discendenza, converrebbe loro molto peregrinare, perchè in questa nostra età le famiglie si dissolvono e si disperdono rapidamente, ed ormai è patria quella terra dove si vive; e pur giungendo sino a loro, troverebbero tutto così mutato; le vesti, i costumi, gli animi, la favella, che non li riconoscerebbero forse più. Ovvero avvenne che lasciassero i loro cari in prospera condizione; ora invece li ritrovano in così misero stato da domandare ai poveri morti: – Perchè siete venuti? non stavate forse bene, almeno in quiete, laggiù sotto terra? qui non v'è posto nemmeno per voi, che siete vane ombre; voi ci ricordate il passato e noi non abbiamo tempo di pensare al passato, perchè il presente c'incalza senza tregua e travolge. –

Molti risponderebbero così ai buoni morti, se i morti tornassero; ed allora il ritorno sarebbe più doloroso de la partita.

Ma G. Giacomo avea avuto buona ventura anche dopo morte; perchè se fosse rivissuto davvero, avrebbe tutto trovato al suo posto e non vi sarebbe stato altro da fare che mettere le lenzuola di bucato sul letto, e la posata a tavola.

La Menica, la buona donna di casa, ti avrebbe servito per il primo la scodella di minestra fumante, e la moglie ti avrebbe porta la pipa in fine del desinare. Dunque è per assiderti a la tua mensa, per rivedere la tua casa ed i tuoi che tu ritorni a mezza notte, a mezzo il verno? Avevi forse freddo, dabben uomo, ne la tua nicchia di camposanto, e sei venuto a scaldarti al tepore del grosso ceppo di Natale, che, dopo cinque dì, arde ancora sul focolare ampio, delizia di Momo, il gatto domestico, e de' suoi savi compagni che vi sognano attorno per tutta la notte con gli occhi aperti e fosforescenti?

Inoltre le piante del suo giardino, che lo avevano conosciuto da lontano, con sommessi e lunghi fremiti lo salutavano e gli dicevano: – Oh G. Giacomo, padrone nostro buono, che tu sii il benvenuto fra noi e fra i tuoi dopo così lunga assenza! Noi ti possiamo dare buone nuove e di noi e de la tua casa e de' tuoi campi e de la tua famiglia: il fulmine non ci percosse e l'uragano non ci divelse; ma stiamo aspettando che il tempo di primavera ritorni e le passere appendano i nidi a le nostre rame.

Allora noi, quando il cardo fiorisce e la cicala canta, ti porgeremo ancora molta e grata ombra e l'orto fiorirà di gigli e di maggiorana per il vaso de la Madonna, nei giorni sacri a la fede.

Perchè le nostre rame spaziano alte all'intorno, così ti possiamo dire che le opere de la villa furono compiute con ordine e secondo il loro tempo: le pecore indugiavano tutto il dì su i greppi del rio, ed i buoi rompevano i maggesi e le stoppie con solchi così diritti e fondi, che, procedendo l'aratro, si vedeva la terra farsi negra e lucente; e per l'aria vibrava l'odore acre e putre de le radici e dei bulbi scoperti al sole: come il trifoglio vi crebbe di maggio co' suoi pennacchi rossi, e come alta fiorì la spica!

Ma quello che è più, o G. Giacomo, non abbiamo veduto giungere i cursori del fisco, come tu temevi, a sequestrare i raccolti, perchè non si poterono pagare le imposte; nè il tuo figliuolo ha venduto la tua villa a qualche ricco signore di latifondi, di quelli che non vengono mai a riconoscere e salutare le loro terre, ma vivono lontani da esse e le abbandonano in balìa d'un castaldo qualsiasi; e nemmeno fummo occupati da quella nuova gente la quale vuole che la terra non abbia padrone ne erede, ma sia cosa sociale e di tutti: non vennero con ischiere di operai e di lavoratori ad affaticarci con macchine ed ordigni nuovi e strani, domandando, con più intensa coltivazione, che noi produciamo maggior frutto; null'altro chiedendoci che il frutto.

Ma tu, o padrone, ti accontentavi di ciò che noi ti davamo, perchè semplici erano i tuoi bisogni, e ci lasciavi in pace fremere coi venti e fiorire col sole; e noi in ricambio non solo ti fornivamo la mensa e riempivamo la cantina ed il celliere, ma ti davamo qualche cosa di più, perchè vivevi fra noi e ci amavi; ti davamo molta salute, lietezza e serenità di spirito.

No, la nuova gente non è venuta a turbarci: il bifolco e la sua famiglia si raccoglie, quando il verno è grande, ne le stalle e ragiona de le buone cose antiche; fioriscono i tetti di rondini in primavera, e la Madonna, nel mese di maggio, passeggia ancora pei campi, e fa alta la spiga ed odoroso il tralcio; ancora il fumo ed il fremito de le macchine non ci offesero; ma i buoi, trascinando l'aratro, empiono del loro mugghio il gran meriggio e le donne lavano presso la riviera e tornano a casa con le erbe monde per la cena.

***

Così e di molte altre cose ancora novellavano le piante, ma quello spirito doloroso non si fermò, nè diede ascolto a gli amorosi richiami, perchè più gravi cure lo sospingevano a quel suo novissimo viaggio.


## CAPITOLO II.

G. Giacomo era nato in sul principio di questo secolo in una di quelle antiche città del Regno Pontificio, ove l'accidia e l'ortica crescono rigogliose anche oggidì, benchè la vaporiera vi passi da presso tutta sonora col suo gran cimiero di fumo: città che, poste su la via Flaminia, ebbero un'importanza militare e politica ai tempi di Roma; ed anche ne l'età di mezzo vantarono gloriosi ricordi ne la storia de le libertà municipali.

Anzi quella che fu patria di G. Giacomo era ricca di molte leggende amorose ed eroiche; ed aveva, oltre ad un arco eretto in onore del divo Augusto con metope e capitelli dorici di squisita fattura, anche un tempio rettangolare, mirabile opera de la metà del secolo XV.

Lo avea ideato un giovine e selvaggio guerriero, signore di quella terra, il quale era così ebbro de la primavera del rinascimento pagano, che si diceva del sangue de gli Scipioni, ed ereggendo quel tempio, lo volle costrutto secondo il più puro ordine dell'architettura romana e dentro vi facea scolpire simboli e deità pagane, e chiamava poeti ed architetti a la sua corte. Fra un delitto e una battaglia, trovava tempo di poetare ne lo stile del Petrarca, ed avea fatto inalzare un gran castello di cui oggi rimangono solo due torrioni ad uso di carcere. Allora dunque, in quello scorcio di medio evo, la città dovea risonare di canti d'amore, di cavalcate di gente d'armi, di tornei, di belle e forti opere, mentre il tempio si cingeva di candidi marmi. Ma poi quando la città fu congiunta a gli Stati de la Chiesa, anche quest'ultimo rigoglio di vita ebbe fine.

Il tempio, in certe sue arche di travertino, rinchiuse i poeti, gli scultori, i guerrieri, le belle donne che furono a la corte di quel principe; e le teste de gli imperatori romani, sporgenti fuori da le metope dell'arco d'Augusto, per lungo volgere di anni si cinsero di parietarie e invano attesero che per la via Flaminia giungessero clangori di tube e di litui o apparissero insegne di guerra.

Una grand'aura di morte si stese su quella città, ed i marmi dei monumenti aveano un bel durare contro il cancro del tempo, che da essi spirava solo tristezza di memorie ed oblio; anzi, ricordando un passato glorioso, facevano maggiormente sentire il tedio dell'inutile ora presente. Ma per buona sorte fuori da le mura si stendevano ubertosi piani e colli e il mare luceva davanti: buone cose de la natura da cui spira primavera eterna.

Che il governo pontificio fosse in parte cagione di quello stato torpido di coscienze e di cose è fuori di dubbio: vero è però che gli animi, o affaticati ed esausti da la antica operosità, o per altre cagioni che, sfuggendo all'analisi si sogliono denotare sotto il mistico nome di fatalità storica, fatti proclivi ad una certa immobilità, ritrovavano inconsciamente in quel governo qualche cosa di confacente ed affine a la loro superstiziosa inerzia.

Io poi penso anche che troppe erano le memorie e le tradizioni del passato, le quali impedivano di andare spediti per nuova via; troppa la gloria antica perchè i più eletti non se ne innamorassero così da sembrare vana qualunque altra gloria conquistata per altro mezzo, troppi infine i monumenti che sembravano stare lì a testimoniare la fragilità di ogni impresa umana, tal che valga la pena d'incominciare la vita con rinato vigore.

E così fuggivano gli anni, e avveniva che di tutto il rinnovarsi scientifico e filosofico di queste ultime età, appena qualche eco giungeva ai confini di quelle antiche mura; ed anche il progresso materiale ne gli usi de la vita vi si infiltrava a stento, impedito come era, oltre che da le dette cause, da inveterate costumanze le quali non erano però prive di quella certa dolcezza che dà l'abitudine, specie a chi non sente nè l'intenzione nè il bisogno di novità. Vi era passato, è vero, folgorando il genio di Napoleone; ma poi tutto era tornato come prima, non altrimenti che le acque si rinchiudono quando la nave da la furia del vento e de le vele fu trasportata oltre.

***

Dette queste cose, non sarà difficile avere sott'occhio l'aspetto di questa città, poco dopo la restaurazione, quando G. Giacomo era giovinetto.

Oltre ai monumenti su ricordati, v'erano molti bei palazzi quadrati e neri, con grosse porte di quercia ferrate; e vi abitava una nobiltà, parte di antico casato, parte creata dai pontefici, tutta del resto untuosa ed austera ne le pratiche esteriori de la religione e ligia al governo.

Il più del tempo lo trascorrevano in quei loro palazzi; d'autunno in villa sino a S. Catterina, ed era molto se qualcuno si moveva per andare qualche mese a Firenze od a Roma.

Poi veniva una classe numerosa, che oggi va scomparendo, di famiglie che possedevano due o tre piccoli fondi tutt'al più: vivevano, del reddito di quelli, una vita modesta e monotona, ma libera da la schiavitù del lusso e de gli impieghi, cui oggi è soggetta la piccola borghesia. Abitavano vecchie case che si tramandavano di padre in figlio, dove i mobili avevano tutto il tempo di cadere rosi dai tarli, senza che altri li rimovesse dal loro posto. La più parte di quelle case avevano un orticello, dove si piantava il prezzemolo, il rosmarino, il radicchio per l'uso giornaliero de la cucina; la lavanda a profumare i teli di lino ne le grandi arche; qualche cespo di garofani e d'erbarosa; ed in taluni di quegli orticelli v'era anche un pergolato di gelsomini o una vite d'uva moscadella o un bell'albero fruttifero. Case ben fornite di tutto ciò che è necessario a la vita: d'autunno vi si macellava un grosso porco e lo vi si conciava, tanto che le travi del celliere scomparivano sotto le file dei salami, de le vesciche di strutto, dei prosciutti e dei festoni di salsiccia. Il podere poi forniva il grano per fare il pane e le frittelle, il vino ed il vinello, l'olio che si riponeva in certe grandi olle di terra.

E non mancavano i capponi ne la stia ad ingrassare pel Natale, le sorbe a maturare su la paglia, la lana ed il lino a far sognare le fanciulle; che lavorando il loro corredo ne' lunghi meriggi o a le notti d'inverno, vagheggiavano il tempo quando il babbo avesse condotto in casa un buon giovane, col timore di Dio e con qualche po' di roba al sole, per essere lo sposo loro e così diventare padrone di casa e massaie, come la mamma e come l'ava.

Il ceto poi dei lavoratori in genere era assai esiguo, tanto quanto era richiesto dai bisogni de la vita: buona gente astretta a le classi nobili o ricche per vincolo di riconoscenza, per speranza di benefici o per timore di occulte persecuzioni; uomini e donne accostumati a far andare la coscienza su le rotaie de la vecchia morale d'uso, ed a vivere sotto la custodia dei dogmi.

Lo stesso agitarsi de le sette ed il loro diffondersi proveniva piuttosto per odio politico, per consenso dal di fuori, per bisogno di lotta ne' più audaci che da convincimento di coscienze rinnovate e desiderose d'ideale libertà: per queste cause e per essere l'opera loro occulta o ferocemente repressa ben poco predominio avevano su l'universale, e, se pur di frequente turbavano o atterrivano, non valevano però a infondere nuova vita a quella morta città.

Le vie erano selciate di ciottoli a punta, radi e sconnessi, e ne gli interstizi vi prosperava la gramigna ed il vetriolo, o si coprivano di gialla lebbra. Solo il dì del mercato quelle deserte vie si popolavano alquanto de la gente che veniva dal contado: baroccini e carrettelle, pesanti barocci, gementi sotto il peso de la legna, de' foraggi, de le biade, de le botti del vino nuovo; e li trascinavano grandi, solenni e candidi buoi, che col loro muggito destavano l'eco assopita di quelle contrade. Il resto de la settimana, anche nei giorni rosei di primavera, era molto silenzio e tristezza. Passava qualche carrozza signorile, le tendine calate, con de' cavalli slombati, un cocchiere barocco a cassetta: era qualche gentildonna che usciva al passeggio o si recava a la chiesa. Compagnie di preti ne passavano sovente; ed i vesperi lunghi erano quasi ogni dì rotti da la nenia dei funerali o da la pompa de le processioni. Sul fare poi de la sera, per la benedizione, pe' tridui all'uno o all'altro santo, le chiese erano tutte aperte, e per le tenebre crescenti si vedeva in fondo a le lunghe navate un tremolare di candele su per l'altare maggiore; e nell'aria cheta montava un profumo di turiboli acre d'incenso ed un gemito di preghiere che salivano nell'inno del rosario e si abbassavano profonde e cadenzate nell'ave-maria. Poi un prete si levava alto ne la sua stola a benedire tutta quella folla nera di popolo che rispondeva con nuovo e più accorato bisbiglio di sommesse preghiere. Uscivano dal tempio, scantonavano lungo le vie e ritornavano a le case loro.

Batteva quindi l'ora di notte; ai crocicchi s'accendevano alcune lampade ad olio e sino all'alba era silenzio, rotto di quando in quando dal passo cadenzato dei gendarmi pontifici o dall'andar frettoloso di qualche borghese che ritornava da una veglia preceduto dal famiglio con la lanterna.

***

A quel tempo G. Giacomo era un buon abatonzolo nel seminario arcivescovile e vi studiava filosofia e un po' di teologia. Alto, tarchiato, con un faccione tutto a bitorzoli e peluria nascente fine fra certi peli già irti e maturi, senza una fisonomia decisa, anzi con una fisonomia apertamente brutta, come sogliono avere in gran parte i giovani di quell'età, in cui l'adolescente muta pelle e diventa uomo. Aveva certe gambe polpacciute che si vedevano i muscoli guizzare sotto le calze di bavella nera; due piedacci che andavano qua e là senza garbo ne le loro scarpe basse e scalcagnate con la fibbia d'argento. Una sua zia (la mamma gli era morta da un pezzo) gli teneva a sesto il corredo e gli faceva per l'inverno certi manichini di grossa lana nera ed oleosa, da cui saltavano fuori due manacce nocchierute ed ispide, e parevano più atte a reggere la vanga che il torchietto in coro. Del resto nessuno più di lui era valente a cantar salmi ai vesperi o a la messa cantata, con la sua bella cotta crespa ed inamidata.

Bei giorni de la giovinezza! pieni di fede nel Signore Iddio, e di opere forse inutili, ma sane e semplici e che non producono poi il tormento de lo spirito e la febbre de le ansiose ricerche! Da la cupola di quel tempio che ho ricordato, piovevano i raggi del tramonto, che s'incendiavano attraverso i cortinaggi scarlatti ed i vetri istoriati; i ceri fiammeggiavano alti fra le spire dell'incenso; i canonici pingui ne gli stalli del coro intonavano i salmi con certe voci che parevano gemiti di contrabassi o miagolii di gatti in amore, e vi rispondevano gli adolescenti seminaristi con più vivo e lieto canto. E quando cessavano le preghiere, ne la raccolta adorazione del Sacramento, si udivano scoppi e trilli di rondini che nidificavano sotto i cornicioni del tempio solitario.

Dopo cantato vespero, si ponevano in capo il tricorno, si cingevano con una bella fascia vermiglia ed uscivano a spasso fuori de la porta che guarda il monte. Andavano in un bel prato, e lì giocavano a rincorrersi, a nascondersi dietro i cespugli, o a finte battaglie fra i Romani ed i Cartaginesi; e che pugni fissi menava allora G. Giacomo, e come i Mauri ed i Numidi si ritraevano in isconfitta sotto l'impeto giovanile dei militi romani!

La sua coltura era povera cosa: quella che s'imparava ne' seminari d'allora; ed egli attendeva con passiva e volonterosa obbedienza a quello che gli insegnavano i maestri, senza stare a discutere seco stesso o con altri se fosse utile, vero o completo quello studio.

Era anzi divenuto un buon scolaro di retorica e scriveva i suoi latini con una certa rotondezza di frasi che pretendevano d'imitare la fine euritmia

9

ciceroniana. Le sue argomentazioni, basate su vecchi sillogismi e che si reggevano più per il legame dei periodi che de le idee, le interrogazioni infarcite di utrum, di ne, di quid, i giri dell'orazione che terminavano con un bel esse videatur in fondo, riscotevano il plauso de' condiscepoli e la lode dei maestri. E si leggeva molto latino in quelle lunghe ore di scuola: scuole vecchie e silenziose, anch'esse piene di santi e con un certo lezzo ascetico di sacrestia, di libri antichi e di fiori avvizziti.

Ma due cose piene di vita vi penetravano: il sole folgorante e ridente pei finestroni, ed il canto dei poemi di Livio e di Vergilio. Oggi questi e simili autori si leggono o per esercizio di critica o per intesservi dissertazioni filologiche, o piuttosto anche perchè certe viete abitudini sono dure a cadere e si trascinano morte per lungo tempo: ma allora in quelle scuole, la letteratura latina si disegnava nell'atteggiamento vivo e commosso di un canto nazionale, che giganteggia in fondo a la storia, a cui le menti ed i sogni tendono come a speglio e che si accetta quale è, ne la sua interezza epica, senza provare il bisogno di discutere o mutilare con l'arte de la critica.

In italiano si scriveva con una certa andatura un po' boccaccevole e fiorita, avuta assai in conto da quei maestri: e come si stendevano con gusto quei compiti, come il discorso di Veturia a Coriolano, la descrizione de la battaglia di Canne, la morte di Decio, la concione del Senato romano al console Terenzio che vinto da Annibale, per suo errore, pur avea lodi e grazie solenni per non aver disperato de la salute de la patria!

Decrepita retorica, che fa sorridere di compassione chi ancora si occupa di retorica; eppure quanta primavera di opere eroiche sbocciò al tuo raggio, oramai tramontato per sempre!

Ma dopo la storia romana, luminosa e viva, cominciavano le tenebre.

Di tutto lo svolgimento del pensiero italiano egli non avea conoscenze che scarse e confuse: non avea in mente la storia di un popolo, ma soltanto alcuni nomi di grandi poeti ed artisti; figure colossali e solitarie che stavano a sè in un tempo morto fra un popolo morto: Dante, Petrarca, Rafaello, Michelangelo.

E di questi italiani che segnano il gran cammino de la patria ed accennano in alto, in alto ancora, egli non sapeva che il lato cristiano. Così ad esempio Dante, cui egli concepiva più come simbolo perfetto di sapienza non progressiva, piuttosto che come uomo, avea detto che l' impero di Roma era stato dall'imprescindibile volere di Dio stabilito – per lo loco santo, – sede al successore di Pietro. Il verso che così di sovente udiva ripetere – state contenti, umana gente, al quia, – era di Dante: Petrarca cantò la Vergine in una sua canzone, alata come un inno, commossa come una preghiera, fragrante e luminosa come l'aurora che sorge: Raffaello, nell'estasi di contemplazioni divine, avea visto come veramente si trasfigurò il Signore, e Michelangelo elevò in terra la casa di Dio.

E però le rivoluzioni dei popoli e de le coscienze, per quel po' che ne sapeva, gli parevano come aberrazioni delittuose e ribellantisi a leggi che erano state da Dio stesso sancite. Giovanni Huss, Lutero, Bruno, Campanella erano nomi paurosi di grandi colpevoli che avevano tentato di traviare l'umanità dal sentiero de la fede; e li metteva quasi in un fascio coi giacobini e coi carbonari di cui avea un concetto anche più confuso: tutta gente fuori del grembo de la Chiesa ed inesorabilmente dannata. Che valeva occuparsi di loro? Anche il pregare sarebbe stato inutile, perchè erano in luogo di eterna perdizione.

Ma ciò che sapeva a meraviglia era tutto il vecchio arsenale dei dogmi e de le superstizioni, che la miseria dell'intelletto fa germogliare come lebbra su l'albero felice de la fede, così che questo e le sue frondi d'eterno verde più non si scorgono. Conosceva tutte le pene dell'inferno e le gioie del paradiso; per quali opere l'uno si acquista, l'altro si perde; i giorni dei tridui, de le novene, le preghiere, gli scongiuri e via dicendo.

***

Queste cose sapeva G. Giacomo quando fioriva la sua giovanezza fra le mura nere del seminario, e così press'a poco s'insegnava, mentre altrove, ne le settentrionali terre dei Cimeri, un risveglio immenso di nuovi studi, frementi di vero, batteva la gran diana a le coscienze torpide ed avvinte ancora al sogno del passato.

Ma di quel suono niun'eco giungeva ai confini di quelle città antiche; dove pur si leggeva serenamente di Titiro che sta seduto all'ombra del gran faggio e canta Amarillide, o di Cesare che varca il Rubicone; e il sole radiante pe' bei campi e i monumenti e i luoghi, testimoni dei fatti, facevano quasi sembrare ancor vive quelle passate leggende.


## CAPITOLO III.

Quando G. Giacomo finì gli studi di filosofia nel seminario, avea circa vent'anni: allora si spogliò de la sua sottana nera, del tricorno e de la bella fascia rossa di abatino; e la zia ripose con gran venerazione quegl'indumenti in un cassone con molti acini di pepe perchè fossero preservati dai tarli.

Il babbo che era notaio e viveva con quella sorella in una sua casetta, fece grande festa per il ritorno del caro figliuolo; e perchè in quel tempo era morto il suo scrivano, così il giovane ne prese il posto e passava gran parte del giorno a stendere inventari e a copiare rogiti.

La zia badava a la cucina, al pollaio, a la cantina, a fornire d'olio le lampadine ai santi, a regolare i pesi dell'orologio a muro ne la stanza da pranzo, a rammendare la biancheria ed a farne di nuova – e ne avea riempite certe arche di rovere da fare invidia a qualsiasi massaia; e diceva al fratello:

– Questo tuo ragazzo dovrà pure prender moglie ed allora sarà bene che abbia quanto è necessario per la casa.

Ma il babbo che si sentiva oramai pesare gli anni addosso, disse un bel giorno al figliuolo che sarebbe stato bene che fosse andato a Bologna a studiar da notaio: essere stanco ed avanti con gli anni e lui poter proseguire onoratamente la professione paterna. G. Giacomo rispose di sì: avrebbe studiato a Bologna; ed ottenuta la laurea di notaio e ritornato in paese, sarebbe vissuto in quella casetta: poi, morto il babbo, egli si sarebbe seduto su quel seggiolone di cuoio a stendere rogiti, fra quelle pareti coperte di scaffali, di libri tarlati e di scartafacci ammuffiti. La sera sarebbe andato a fare le sue chiacchiere a la farmacia e il vecchio tino avrebbe anche per lui stagionato il vino per l'annata, mentre l'orologio non cessa di battere il suo tic-tac monotono, ne la pulita stanza da pranzo, odorosa di mele cotogne che fanno bella mostra di sè ne le vetrine de la credenza.

Era già tutto pronto per il viaggio: la biancheria, gli abiti, i libri. Un lontano parente che dimorava appunto a Bologna, avea risposto ad una lettera mandata prima dal babbo, che gli sarebbe stato assai caro ospitare il giovane, anzi ne avrebbe tenuto conto come d'un figliuolo, ed aggiungeva che da quel momento metteva a sua disposizione una cameretta con tutto il bisognevole: ed erano state fatte le raccomandazioni e gli avvertimenti d'uso, e non mancava altro che stabilire il giorno ed il posto su la corriera; quando in una sera di novembre la signora Claudia (così si chiamava la zia) stava allestendo la cena e coceva sul focolare, ad una bella brace grande di sarmenti, in un caldaio, un cavolo, e G. Giacomo conversava con la buona zia e si scaldava ora il dosso de le mani ora la palma a quella fiamma, perchè il dì era stato rigido e nebbioso.

Avea la donna ammannito il soffritto con l'olio per condire quel cavolo; poi avea apparecchiata la tavola ed accesi i tre becchi d'una lucerna, quando l'orologio che batteva il suo tic-tac, s'arrestò un istante e scoccò le ore dieci. Allora disse:

– Va mo' a vedere che cosa fa tuo babbo, giù ne lo studio. A quest'ora è sempre su in cucina a curiosare che si fa da cena.

Il vecchio ritornava regolarmente da una farmacia vicina poco dopo l'ora di notte; si chiudeva nel suo studio per un'oretta a lavorare o a leggere certi suoi libricciuoli, poi verso le dieci veniva su per la cena e se ne sentiva il passo lento che faceva scricchiolare una scaletta interna di legno. Di fatto G. Giacomo per sincerarsi che il babbo era in casa, s'affacciò ai vetri e vide da basso le due finestruole de lo studio illuminate.

– Sì, è in casa – disse la signora Claudia – è più di un'ora che ho sentito girar la chiave ne la toppa.

Il figliuolo scese in fretta per la scala di legno. Chiamò il babbo e lo chiamò ancora, e nessuno rispondea. Allora aperse l'uscio de lo studio, da cui filtrava un filo di luce, e vide il babbo al suo solito posto su la poltrona.

Stava per dire: – Toh, perchè non risponde? – quando s'avvide che e' non s'era neppur mosso al rumore dell'uscio e al suo avanzarsi.

Si fermò e vide che gli occhi (la luce d'una lucernetta ad olio gli batteva sul volto) erano aperti ma immoti, la bocca lievemente storta ed un braccio penzolava giù da la seggiola.

Mandò un urlo, abbracciò il babbo, lo scosse, lo chiamò: ma quegli girava il suo occhio vitreo e la bocca storta senza altrimenti dar segno di vita.

Era rimasto lì stecchito su la sua seggiola, fra i suoi scaffali, mentre di sopra il cavolo si coceva a la viva fiamma dei sarmenti e l'orologio batteva il suo tic-tac de la vita e de la morte.

***

G. Giacomo stette più di un anno come insensato; e quando si riebbe da quel suo gran dolore, gli parve così increscioso lo stare come l'andare.

In quello studio non ci avrebbe messo più piede per tutto l'oro del mondo: ci vedeva sempre suo babbo irrigidito da la morte, con quella luce che gli batteva su la faccia stravolta; ed il tanfo di quei libri gli ricordava il cimitero, ma un cimitero grande, che stende da per tutto il suo lezzo: e poi le stanze, i corridoi, le masserizie, ogni cosa gli destava tristezza e però non sapeva che farsi tutto il dì ed usciva per rientrare ed entrava per uscire di nuovo.

E la zia che dopo quel colpo non si sentiva più quella di prima e capiva che non avrebbe durato molto, diceva al nipote: – Va là, figliuolo, così non la può durare; prendi moglie per il tuo meglio.

Ed egli, dopo alcun tempo, finì per persuadersene e prese moglie.

***

Era costei una giovinetta fiorente e gaia d'una famiglia vicina, la quale conoscendo i buoni diportamenti del giovane, volentieri accondiscese a dare la figliuola in isposa.

13

Egli le disse: – La mia casa in città è triste, perchè vi è morto il babbo. Ti dispiacerebbe di venire a stare in campagna?

Ella rispose che vi verrebbe volentieri.

Egli le disse ancora: – E non ti annoierai di vivere sola senza la compagnia dei parenti e de le amiche?

– No, se voi mi farete buona compagnia e mi vorrete bene.

Perchè ella era stata allevata con questo convincimento, che una buona figliuola è semplicemente destinata ad essere una buona moglie; curare la casa, i figliuoli, il marito, e che così operando si acquista la pace in questa vita e ne l'altra.

– Gira sul focolare l'arrosto, la casa è lucente ed aulente, i bimbi dondolano le teste ne le cuffie candide e s'addormentano in grembo a le fate, il focolare è una chiesa d'oro, la lavanda il più soave profumo. –

Questi erano i desideri ed i pensieri di Paola quando non era disposata ed era fiorente giovanotta; e il tempo fuggendo non isfrondò d'un fiore questa corona di speranze che aveano il loro fondamento ne la serena e semplice verità de la vita.

***

G. Giacomo avea dal padre ereditato due poderi e Paola gliene recò in dote un terzo, non da quelli molto discosto. Questo capitale si poteva valutare circa a dieci mila scudi, la qual somma oggi non basterebbe certo ad uno che vi volesse vivere di rendita, con la famiglia per di più; ma allora perchè le imposte erano lievi e poche e sopratutto perchè il superfluo non era entrato ne gli usi de la vita come un bisogno, costituiva una discreta sostanza.

Inoltre la terra, nel breve giro di pochi ettari, forniva quasi tutto il bisognevole per l'esistenza, nè era necessario essere soggetti a manifatturieri o bottegai d'ogni maniera. Il grano, la vite, l'olivo prosperavano mirabilmente in quei dolci campi; il lino fioriva alto e sottile con i suoi fiori cilestri e la canapa pur vi crescea rigogliosa.

La filavano e la tessevano le donne ne la stalla, quando l'inverno irrigidiva le rame e imbiancava la terra, e le notti erano lunghe. Legumi poi e frutte non ne mancavano; il pollame razzolava per l'aia, e le pecore pascolavano su pei greppi o per le sponde dei rivi.

Uno di quei poderi era posto in molto ameno luogo, su di una collina, da cui si scopriva tutta la stesa del mare; e congiunta a la casa colonica sorgeva una villetta che il vecchio notaio abitava solo l'autunno e l'avea avuta dai suoi vecchi.

Un giuggiolo fioriva presso il limitare ed avanzava il tetto.

Ora G. Giacomo la fece restaurare e la rifornì di mobilia così da renderla atta ad abitazione per l'anno intero, poi vi condusse la sposa ed avrebbe voluto che anche la zia fosse venuta a stare con loro: ma ella volle rimanersene ne la sua casa fredda e solitaria a conversare con i suoi morti e con i suoi santi, aspettando che anche per lei l'orologio battesse l'ora di partire per il bel regno di Dio.

G. Giacomo ne' primi anni non se ne stette ozioso, chè molte cose richiedevano la sua opera. I poderi, abbandonati al colono, poco rendevano ed erano assai trasandati.

Ora egli ci prese tanto amore che, con quel po' di esperienza che veniva a mano a mano acquistando e con l'aiuto di certi libri d'agricoltura, si diè a bonificarli, concimarli a dovere, e in pochi anni divennero fioriti come giardini e rendevano il doppio di prima.

E dicea: – Se di tutta questa roba ne avanza, vi sono bene gl'infelici ed i poveri che non ne hanno; ed il Signore mi domanderebbe conto se, avendo dei beni, li accumulassi in soverchie ricchezze o non ne facessi buon uso. Non dice forse S. Gregorio il Grande: «quando noi diamo di che vivere a coloro che sono nell'indigenza, noi non diamo punto a loro ciò che è nostro, ma diamo ciò che è loro. Non è tanto un'opera di misericordia che noi facciamo, quanto un debito che noi paghiamo»?

Però ogni giorno, quando la campana de la parrocchia sonava mezzodì, il maggior piacere per lui era quello di avere pronta una pentola di minestra, un bel tozzo di pane ed un bicchier di vino per chiunque fosse venuto a bussare a quella porta ospitale; e di quella minestra ve n'era per tutti e voleva che il colono il quale percepiva di sua parte la metà dei raccolti, contribuisse egli pure a quell'opera di carità; e dicendo colui che era roba sua, rispondea: – Quando tu hai da mangiare e da vestire per te e per i tuoi non ti basta?

– Sì, ma questo grano e questi grappoli sono cresciuti col mio sudore. –

– Va bene, figliuolo, ma il terreno, il sole e le acque per cui si fa bello il grano e la vigna sono del Signore, cioè di tutte le sue creature. –

È però vero che l'avara ritrosìa del villano lo confortava non poco, perchè un giorno, scartabellando certi libri sacri che erano stati di un suo avo, gli era avvenuto di leggere questo passo di S. Basilio, un santo minore finchè si vuole, ma pur sempre un santo.

«Sciagurati che voi siete – dice rivolgendosi ai ricchi – che risponderete voi al gran giudice?

Voi coprite di tappezzerie le nudità de le muraglie, non coprite punto di vesti la nudità de gli uomini! Voi ornate di gualdrappe preziose i cavalli e disprezzate il vostro fratello che è coperto di cenci! Voi lasciate marcire o rosicchiare il frumento ne' granai e non vi degnate di gettare gli sguardi su coloro che non hanno pane! Voi conservate il vostro in riserva e non vi degnate di gettare gli sguardi su coloro che la necessità abbatte ed opprime! Voi mi direte: a chi faccio torto se ritengo e conservo ciò che è mio? E io vi domando: quali sono le cose che voi credete sieno vostre? da chi le avete ricevute? Voi fate come un uomo che essendo in teatro ed essendosi affrettato di prendere i posti che gli altri potrebbero occupare, vorrebbe impedire a tutti di entrare, applicando a solo suo uso ciò che deve essere ad uso di tutti. E così fanno i ricchi; ed essendosi messi per primi in possesso de le cose che sono comuni, se le appropriano possedendole: perchè se ciascuno non prendesse che ciò che gli è necessario per la sussistenza e desse il resto a gli indigenti, non vi sarebbero nè ricchi nè poveri.»

– In verità – pensava G. Giacomo a mo' di chiosa – questo santo è pur un po' sognatore, perchè se io dessi tutto questo mio poco avere a quelli che non ne hanno, molto verosimilmente avverrebbe una di queste due cose: che, o perderebbero per vizio o per incuria, ovvero farebbero come il mio villano che dice che tutto il frutto del terreno è suo e ne vorrebbe far traffico o usura ed ammassare dei soldi. Quello che importa è che gli uomini abbiano un po' di cuore e di discrezione e poi facciano il bene come suggerisce la loro coscienza. –

***

Quando l'autunno tardo incombeva su i campi con i suoi grigi veli di nebbie e di pioggie, egli non provava alcuna tristezza, perchè il filo del grano era sbucato fuori de le zolle e faceva verdeggiare i campi e richiamava in mente la primavera: il mosto ne i tini, non ancora posato, ribolliva e sapeva olezzo di tralci e di pampini; ed il salvaroba pieno di mele cotogne, pere, uva moscata ed altre varie specie di frutta era tutto odoroso dell'opimo autunno. L'inverno pur esso giungeva gradito; perchè, se la neve inalbando tutto all'intorno la campagna, impediva d'uscire all'aperto, allora ben dolce cosa era lo starsene in casa, quando i sarmenti ardono e crepitano fra le pareti candide e la pentola borbotta e le giovenche ne le stalle mugghiano.

Ma in quella villa, posta, come è detto, su l'alto di un colle, mirabile era a vedere il sorgere del giorno al buon tempo d'aprile. Dietro gli olivi montava il gran mare e si scopriva tutto il cielo; e su per il cielo saliva l'aurora con tale intensità di luce e di tepore e per tutta l'aria si stendeva un profumo di fiori e di mare, che G. Giacomo contemplando e recandosi a mente gli antichi poeti,

16

sentiva che egli pure non avrebbe potuto altramente concepire l'aurora che come una dea la quale sorge giovane e ridente su per il cielo e con le dita di rosa lo apre al sole. Ma una deità era certo, qualunque fosse il suo nome ed il suo tempo, perchè in quelle giornate ogni semplice opera de la vita gli sembrava piena di festa: allora lucevano più vivi gli occhi de la Madonna, i fiori non si stancavano di diffondere profumo e le rondini di garrire.

E non di rado, in quelle mattine serene, vedendo il suo bifolco che già arava, gli avvenne di volere egli arare, così lo vinceva un'ebbrezza di operosità lieta e forte: e afferrato il manico dell'aratro, stimolava i buoi che grandi e candidi si puntavano coi zoccoli e scendevano il declive del colle. Li stimolava – e, levando il volto, vedeva di contro il cielo tutto incendiarsi ed il mare palpitare. Levavano i buoi grandi mugghi e le passere stormivano a schiera, come ondate sonore.

Gli pareva forse in quell'atto di essere un eroe dei tempi d'Omero, che frena su la biga le poledre candide? o lo incitavano le reminiscenze d'Esiodo che dice: «L'aurora è terza parte di ogni opera; l'aurora molto innanzi ci sospinge ne la via e nel lavoro; l'aurora apparendo, molti uomini indusse nel cammino e a molti buoi impose il giogo?» No: egli arava perchè era buon lavoratore e la gaudiosa eccitazione dei sensi avea bisogno di espandersi in un'attività qualsiasi. Un poeta avrebbe meditato un inno, ma G. Giacomo non era nè un poeta nè un filosofo, ma un uomo semplice, e però afferrava il manico dell'aratro e, blando, incitava i buoi a proseguire.

È però vero che se egli avesse avuto conoscenza de la molteplice industria umana, io penso che tutte le macchine e gli artificiosi utensili del mondo gli sarebbero parsi ben poca cosa in confronto del suo aratro, tratto dai mansi buoi grandi con il sole di fronte.

***

Così vivendo fra i campi e quasi sentendo da vicino il palpito di questa nostra madre terra, la sua anima si era snebbiata dei molti errori e de le molte superstizioni che lo aveano reso incerto o pauroso nel tempo che fu in seminario. Ma di ciò, a vero dire, non si rendeva cagione; soltanto alcuni precetti dell'Evangelo, pieni di umanità, gli si spiegavano all'intelligenza con più intensa luce di vero, e ne le pratiche de la vita avea acquistato verso gli altri una condotta piena di benevolenza e di comprensione, e spesso di rassegnazione, sì che rade volte si meravigliava o si sdegnava: e questo suo diportamento era da gli altri inteso e spiegato con queste povere parole:

– Egli è un uomo buono! –

# CAPITOLO IV

Talvolta, nei giorni di luglio, s'arrestava in mezzo ad un solco, per non so quale meraviglia che saliva ne la sua anima misteriosamente.

Da poco tempo s'era perduta l'eco dei dodici tocchi a la parrocchia, e grande e ardente era il meriggio su i Campi: nè le cicale ne interrompevano la quiete, che anzi quel canto diffondendosi ad ondate continue e monotone come il fiotto del mare, pareva quasi un misterioso rombo; inno indistinto o fremito di vita che uscisse da la terra stessa e da le piante sotto la magìa dell'occhio del sole.

Il quale, sopra il capo folgorava con balenìi d'oro; e la terra per l'aridezza si fendeva in spaccature a meandri.

Gli steli del grano sembravano afferrare con le nodose radici le riarse zolle e succhiarne la vita come da mammella viva; poi si levavano ritti ed aerei, disegnanti come una foresta di sottili ombre, con le spiche curve per la grevezza; e si sarebbe detto che elle bevessero l'oro ed il caldo che si diffondeva dal sole.

Spuntava qua e là fra gli steli il fiore cilestro del ciano, ma il papavero si chinava con le corolle avvizzite per la caldura.

E dopo la lunga presa di terra coltivata a grano, erano lunghi pergolati di viti addormentate al sole sotto la canzone dei pampini sussurranti; e poi altri campi di grano e filari di viti e olivi giù per il pendìo del colle e per la pianura insino al mare.

Non batteva alito di vento – e perchè dunque palpitavano le fronde e gli steli?

Forse, chi sa, ancora passava per la feconda solitudine dei campi Pan, l'antico dio de le selve, che intimoriva i pastori così che eglino, come narra Teocrito, più non osavano di spingere il fiato ne le loro zampogne.

G. Giacomo s'avviava piano piano per il solco, come ammaliato al fremere attorno a sè del gran poema de la vita: – quei grappoli sarebbero diventati vino, e quelle spighe sarebbero diventate pane: egli, la sua famiglia, i suoi coloni, i suoi poveri ne avrebbero avuto nutrimento per tutta l'annata: le lucciole di maggio danzano, s'addormentano attorno a le spighe: le donne vegliarono sino a notte tarda ad impastare ed intridere la farina ne la madia. Disposero la pasta con un segno di croce e al mattino si levarono anzi l'alba per fare il pane: divampò il forno sotto le fascine crepitanti e ne uscì il pane profumato, bruno, caldo per la mensa quotidiana.

Dopo morte segue pur lieta la vita vicino a Dio! e qui in terra i suoi figliuoli sarebbero vissuti così come egli era vissuto; e poi sull'alto del colle vicino s'incoronava il cimitero col suo muricciuolo bianco e quadrato e i suoi grandi cipressi: ivi anche questo povero corpo ci doveva riposare bene, quando l'anima fosse presso Dio! –

Tutto questo confusamente gli passava davanti al cervello, camminando lento, ne la calda ebbrezza del sole.

***

La villa biancheggiava già dietro il canneto virente e la pianta del giuggiolo con le ultime rame oscillava a la prima brezza che in quell'ora cominciava ad aliare dall'Adriatico.

Che silenzio per l'aia! nemmeno i polli vi razzolavano, ed il can barbone sonnecchiava presso il pagliaio. Ma ne la stalla era una dolce frescura perchè da bacìo v'entrava una fredda luce, e sul letto di strame le giovenche ed i buoi, da poco staccati dall'aratro, ruminavano il trifoglio e la lupinella laboriosa.

***

Quando giungeva a casa il desinare era già fumante sul desco, e la famigliuola vi si raccoglieva.

G. Giacomo mangiava con appetito la minestra cotta nel grasso brodo del cappone, tagliava col coltello il pane e se lo poneva lentamente in bocca; poi, a fin di tavola, sturava una bottiglia di vino stagionato, color di rubino, tutto fragrante di vite; e centellando sogguardava con compiacenza, fuori de la finestra, i lunghi filari di viti che si stendevano maturanti al sole.

Dopo il pasto s'indugiava sotto le ombre con i villani a ragionare o ad adempiere certe piccole faccenduole de la villa, o si recava al mare o dal parroco, suo vicino ed amico, finche veniva l'ora che dai tuguri s'alza il fumo per il pasto de la sera e si tinge in alto ai rossi incendi del tramonto.

Ecco anelanti tornano le giovenche dal rivo; s'arrestano, fissano con le grandi pupille i campi distesi e mandano il loro muggito, come saluto all'alba del domani; poi biancheggiando fra le tenebre, tornano manse a le stalle. Ecco il bifolco getta a terra il giogo dal collo de' buoi e la villana lava presso il pozzo le erbe per la cena e monda l'aglio odoroso.

Le campane si rispondono di valle in valle; le tenebre montano ne l'aria; le preghiere montano ai cuori.

Ma insieme con l'inno a la Vergine, venivano involontari a la memoria dell'uomo umile i dolci versi di Vergilio – venivano con la forza del fiotto che sale nel mare tumido per la marea:

…iam summa procul villarum culmina fumant,

19

maioresque cadunt altis de montibus umbrae.

Vero è che per bene intendere il sentimento che tutta invadeva la sua anima, conviene dire che non era la memoria che rintracciava quei versi, ma era la divinità stessa di questi nostri campi latini, era la mistica e tacita maestà de la sopravveniente notte, che s'imponeva al pensiero e lo guidava a ricordarsene.

Il sole era sparito; il canto dei grilli cresceva per le chiostre de la vallata.

***

La cena è lieta di mondi e freschi erbaggi e di lungo conversare su le cose del giorno. Poi la donna ha detto le sue preghiere e si è coricata.

Allora il nostro uomo si appartava in una sua stanzetta o studiolo, dove su di uno scaffale erano molti libri ascetici ed anche alcune opere di autori latini. Faceva i suoi conti, leggeva alcune preghiere e, talvolta, gli avveniva di aprire un vecchio volume di Livio.

Allora secoli di gloria passavano dinanzi a la sua fantasia, mortificata da la fede e dall'ubbidienza.

Egli rivedeva le legioni proconsolari, forti de la gioventù marsa ed apula, con alte le aquile ed i manipoli, passare lente e quasi fatali per le vie Flaminia ed Emilia. Andavano in Gallia, in Pannonia, ne la remota Britannia a portare il nome di Roma.

I feciali recavano in seno la pace e la guerra; i consoli parlavano ai barbari la lingua di Catone e di Ennio: e quegli uomini da le opere secolari egli se li raffigurava più grandi che la natura non comporti: immoti su di poderosi cavalli, o togati, ne la curia, col braccio teso in atto di dettar leggi o governare il mondo. E ricordando alcuni busti di marmo che erano nel museo del seminario, si figurava quelle teste poderose, con il mento enorme e quadrato, la bocca ricurva a gli angoli, la fronte densa di opere e di pensieri sopra il lampo de le pupille immote.

Pensava a la portentosa energia rinchiusa in quei crani ed in quelle anime: aveano costretto la lingua a scolpire il loro pensiero, aveano costretto i popoli a subire il dominio de la loro forza civile: essi sono morti e il mondo di essi ancora ragiona.

L'umile lettore di Livio, in quel silenzio notturno, impallidiva a tali ricordanze e chinava sotto tanta gloria la fronte, come le piante si curvano sotto lo spirito de la tempesta.

Un'ebbrezza di memorie, un fremito di opere grandi turbavano la sua anima e lo costringevano ad interrompere la lettura. Lo stoppino de la lucernetta s'ingrossava in un putrido fungo, e l'olio oramai consumato, mandava scoppiettìi e disegnava ombre ne la stanza. Ma fuori, nel gran silenzio de la notte serena, luceva la luna ed a quel lume, dietro i campi sparsi di più grandi ombre, biancheggiava la striscia d'una larga via maestra.

Era la via Flaminia.

Per quella contrada forse un tempo, in una notte così serena, passarono le legioni di Roma avviate a terre lontane.

I soldati, sotto le armature e i grevi bagagli procedevano lenti: ma alte stavano le aquile tutte d'oro, e il liuto dava il suono ed il richiamo a le turme de' cavalieri, ben saldi su le groppe de' gran cavalli.

Una meravigliosa tristezza lo invadeva: ma era cosa di breve durata, perchè la sua intelligenza, sicura su la via de la fede, diceva a se stessa che, in fine, quella potenza di Roma era stata destinata a diffondere un'idea ben maggiore de la civiltà romana – idea limite fisso di eterno consiglio, termine di ogni progresso, principio di vita nuova per gli uomini di buona volontà – cioè la parola di nostro Signor Gesù Cristo.

Dopo, la storia avea chiuso il suo libro, e se gli uomini erano ancora in guerra, peggio per loro, giacchè la via del vero la conoscevano. Allora il suo spirito turbato da quegli antichi fantasmi, si ricomponeva in pace e lietezza. Andava piano piano ne la stanza vicina ove un lumicino ardeva davanti all'imagine de la Madonna, ed a quel bagliore si vedeva il profilo de la sposa addormentata.

Una beatitudine, fatta di umiltà e di rassegnazione, lo faceva sorridere e lo invitava a smoccolare con cura il lucignolo ed a rifornire d'olio la lampada. Poi, attorno a l'imagine de la Vergine ridente e gloriosa, adattava certi quadretti di santi minori: v'era S. Giuseppe col bastone fiorito, S. Clara, che reca gli occhi su d'una coppa, San Rocco col bordone e il sarrocchino.

Un mazzetto di fiori, composto di ciocche di viole purpuree, di basilico e di rose, con gli steli ben legati, libava da quelle imagini e da quella lampada un olezzo di misticità raccolta e claustrale.

– Ecco la madre di Dio, la signora del cielo, la sorella de gli uomini, tutta buona, tutta misericordiosa, che veglia il dì e la notte al lume de la lampada ed al profumo de' fiori su la salute de la modesta casa e dell'umile famiglia. Maria, fa prosperare i campi, dona salute e pace a me ed ai miei. Allontana i mali pensieri e le male opere da questa dimora ed abbi di noi pietà!

E dette queste ultime preghiere, andava a dormire riposatamente, mentre il gallo dal sottoposto pollaio già alzava dal teso collo il suo canto rabbioso all'alba che ingialliva in fondo ai campi.

***

Così, o press'a poco, i giorni si seguivano ai giorni e gli anni a gli anni.

Oggi si falciava il grano e si ammucchiavano i covoni; domani questi si battevano su l'aia a forza di buoi e di solliòne.

Poi veniva il tempo di raccogliere il grano turco e si vegliava sotto la capanna sino a tarda ora a spannocchiare al lume di certe lucernette: le ragazze cantavano, i bimbi si rotolavano ridendo entro i mucchi de' cartocci, mentre il filo de la luna settembrina pareva addormentata lassù, in alto, in mezzo al cielo. Poi seguivano le cure de la vendemmia: rimettere nuove doghe a le botti, stagnar tini e bigonci, adattare cerchioni. Così che l'oggi non solo era uguale al dimani, ma le opere di un giorno rispondevano all'incirca a le opere di quel giorno nell'anno venturo.

***

E i capelli intanto si facevano grigi; ma solo perchè il tempo vi passava tramezzo, non il dolore nè il tedio.

## CAPITOLO V.

In quel contado, poco tempo prima del 1859, venne medico condotto un uomo vigoroso e giovane di cuore, avvegnachè fosse piuttosto avanti con gli anni ed avesse una gran capigliatura grigia, che gli copriva una testa grossa, ben fissata sopra le spalle ampie e un po' curve.

Aveva un sorriso buono e melanconico e ne gli occhi una luce piena di dolcezza.

Lo si vedeva quasi sempre per le viottole e per le strade, su di un calessino al trotto di una rozza: tutto curvo, assecondando macchinalmente lo scotimento del veicolo, lasciava lente le redini ed accarezzava con la mano callosa una bella testa bionda di giovanetto che gli sedeva appresso. Di quest'uomo conviene parlare alquanto.

Egli era stato un cospiratore e un combattente de le prime rivoluzioni italiane; uno di quelli che erano chiamati atei, volterriani, carbonari, nemici del trono e de l'altare. Voci male appropriate, almeno per questo nostro personaggio; perchè egli avea semplicemente in cuore la fede de la patria, fede giovane, viva, eroica!

Pregava Dio per la patria, congiurò anche con Francesco di Modena per l'unità de la patria.

Questa ridente idealità d'una gran nazione italiana si congiungeva fatalmente

22

nel suo pensiero a tempi ed a vicende lontane: fin da quando Romolo sul boscoso Aventino segnava i limiti del tempio per trarre gli auspici di Roma futura; fin da quando Petrarca piangeva e fremeva sui volumi dell'antica sapienza latina; fin da quando Savonarola predicava al popolo di Firenze la buona novella di virtù e di amore! – e queste memorie erano circonfuse d'un'aureola immanente di gloria, e di questa gloria niuna interruzione v'era stata; perchè i re barbari avevano potuto calpestare e lacerare la sacra terra; ma l'arte, le tradizioni, il sapere lucevano sempre in alto come labaro invincibile di unità.

Dolce patria, terra santissima!

Egli congiurò, combattè sorridendo e lagrimando come un eroe dei buoni tempi antichi. In verità non fu sua colpa se una palla non lo colpì o il capestro non lo raggiunse.

Un giorno si trovò come travolto da un torrente di fuga ed esulò in Inghilterra.

***

Prese alloggio in una stanza al quarto piano di una via triste e remota.

Allora in Londra v'erano molti nobili esuli e molti che ne facevano professione. Egli visse sotitario da gli uni e da gli altri, non per isdegno o per orgoglio, ma per un senso di pudore e di timidezza innata e dolorosa.

Ora sovente, quando usciva verso le cinque per rifocillarsi, in una trattoria vicina, gli era avvenuto d'incontrarsi, su per le scale, con una donna ancor giovane, forse più giovane che non sembrasse a vedere; molto alta, molto austera nel suo water-proof bigio.

Chi fosse non sapeva, perchè in certe enormi case de le grandi città si può vivere per cinquant'anni uscio ad uscio senza altrimenti conoscersi che per il nome comune di miserabili. Solo parea molto stanca salendo quelle scale, grommate di muffa e di miseria; ma la sua fronte non si curvava nè per salutare nè per mestizia: una fronte bianca e serena.

Una volta d'inverno, mentre la notte e la nebbia montavano alte e silenziose, il dottor Lorenzo (così si chiamava) udì battere al suo uscio. S'alzò da lo studiolo ove stava leggendo, e corse ad aprire.

Era la giovane vicina.

Un dolore improvviso misto a spavento avea scomposto la serenità del suo volto.

Disse precipitosamente: – Voi siete medico, signore? così ho letto sul cartello dell'uscio – poi con un fremito lacrimoso aggiunse: – Venite, mia madre

23

muore! –

Il dottore la seguì. Ella lo precedette su per un altro ramo di scale, alzò il saliscendi di un uscio, attraversò un corridoio, e, giunta davanti ad una porticina da cui trapelava un filo di luce – È qui – disse ed aperse ed entrò piano.

Una lampada a petrolio gettava la sua luce scialba su di un ammasso erto di guanciali dove posava un torso spaventosamente scarno ed una faccia che la morte già avea composta per il suo regno.

La pupilla era quasi vitrea; i capelli grigi, sparsi sul guanciale, madidi di sudore. Solo, di quando in quando, un dolore tenebrante contraeva i muscoli del volto, mentre lo sterno, quasi una forza spietata lo avesse spinto di sotto, si levava lento ed orribile così che le apofisi de le clavicole si disegnavano sotto la cute; poi ricadeva giù come un mantice sfiatato per rialzarsi con nuova angoscia.

- È vizio cardiaco? – disse il dottore rivolto a la giovane.

– Sì – rispose.

– E il medico curante?... –

– È venuto domenica l'ultima volta, ma mi ha fatto capire che sarebbe stato inutile il ritornare. –

– E questo accesso?.... –

– Sono ritornata a casa a le sei: non è colpa mia se devo lavorare sino a quell'ora; l'ho trovata così come è adesso su la poltrona: l'ho portata sul letto.... –

Il dottore non rispose. Scostò le coperte che coprivano a la meglio la morente, posò il capo sul petto ed ascoltò a lungo. Non s'udiva in quella stanza che lo strazio di quel petto orribile. Poi tastò il polso, e, mentre la giovane donna spiava ansiosa e stava per domandare, corse di là e ritornò con una boccettina ed una siringa.

– Ecco quello che io posso fare – disse prevenendo la disperata dimanda; – se pure è bene – mormorò tra sè crollando la testa.

Mise un poco del liquore ne la siringa, vi adattò l'ago e fece alcune iniezioni sottocutanee ne la regione cardiaca.

Poco dopo la vecchia si riebbe, l'occhio acquistò luce e si volse verso la figliuola mormorando: – Mia cara Nelly! – nè disse altro.

Ella, la figliuola, le scostò piano i capelli, le deterse il sudore e le diceva molte e dolci parole con voce piana, lenta, soave.

Ma la vecchia oramai non intendeva più.

Solo le pupille, fatte vitree, ancora si tenevano rivolte a la figliuola in atto d'interrogare: – Perchè non vieni anche tu? –

Ed ella dicea, rivolta al medico: – Ancora, signore, ancora una volta! –

– È un prolungare un supplizio inutile – rispose il dottor Lorenzo tristamente.

– Dunque non v'è alcuna speranza, nessuna? –

Ma l'uomo, immobile, ritto al capezzale, con la mano de la morente ne la sua mano, chinò il capo per non rispondere.

Allora, come fiaccata, la giovane cadde ginocchioni presso il letto e chinò la bocca ed il capo su l'altra mano de la madre, nè più si mosse nè disse parola.

Non si udiva ne la stanza che il fremito del petto che si squarciava ne gli ultimi sforzi del respiro.

Il lume gettava la sua luce immota, e il tempo era segnato dal fungo del lucignolo che cresceva e sbiadiva la luce.

L'uomo si era seduto lì accanto e stava muto e pensoso; la donna sempre in ginocchio dall'altra parte del letto.

Passò molto tempo, rotto ogni tanto dal suono allegro del vicino orologio, che batteva i quarti d'ora, che fuggivano l'uno dopo l'altro in fretta.

Ad un tratto la giovane donna si levò come di scatto e pareva più alta e più pallida che non fosse. L'occhio era spaventosamente aperto e i muscoli del volto contratti.

Fissò prima la madre che era ricaduta sui guanciali, ferma, rigida, poi il medico e domandò con voce indefinibile di terrore e di dolore: – È morta? –

– In questo momento, figliuola. Oramai è il mattino. –

Allora ella levò le braccia disperata e poi le posò sui guanciali e si buttò faccia a faccia contro a la morta e gridò e chiamò la madre e la bagnò di grande pianto.

La morta si puntava stecchita sui cuscini.

Già da la via, rumori di voci e di carri, squilli freschi di campane, fruscii di passi annunziavano la nuova alba squallida e lutolenta.

***

Il cadavere fu portato via ed il dottore per molte settimane nè vide nè ebbe notizia alcuna de la infelice giovane.

Ma un giorno ritornò in quelle sue stanze fredde, piene di morte; e riprese la vita di prima, ed era così stanca e disfatta che il dottore ne ebbe pietà, e vincendo ogni ritrosìa, le si proferse apertamente amico e la pregò di tenerlo in conto di fratello o di padre, se più così le fosse piaciuto.

Ed ella che era sola e triste, accettò.

Si vedevano sovente. Egli passava molte ore da lei, ed ella veniva a trovarlo.

Miss Nelly aveva ventisette anni. – Proprio ventisette – diceva sorridendo; – non pare, non è vero? Sembro molto più vecchia. –

Ma al soave tepore dell'amicizia quella austera e patita figura di donna si era sciolta come neve, sì che sorridendo le brillava ne gli occhi e nel volto una luce di giovinezza serena e verginale.

L'uso di una vita affaticata ed umile aveva forse fatto ignorare a lei stessa che era giovane e piacente, ma rifioriva all'affetto come ligustro di campo quando torna il buon tempo.

Sed Cynarae breves annos fata dederunt!

Il dottore con la grossa mano lambendo que' suoi capelli fini e biondi, e vedendo il suo sorriso, diceva che ella era ancora bambina, anzi la sua bambina.

Ella raccontò la sua storia che era assai semplice: suo padre era stato per più di trent'anni precettore in una scuola di Edimburgo. Lavorava tutto il giorno per mantenere la sua famigliuola e tener lieto il suo nido. Era un uomo sempre sereno, quasi felice; – e diceva sovente a la figliuola: – Vedi: la virtù, la modestia ed il sapere sono i soli e veri beni che l'uomo deve cercare, e così facendo, la benedizione del Signore sarà sempre su di noi e su la nostra casa e su la tua testolina bionda. –

E però seguendo questa sua idealità pietosa e ostinata, avea voluto che ella fosse cresciuta semplicemente virtuosa, modesta e colta.

Morì lasciando molta eredità di affetti e di bontà, ma nemmeno uno scellino. Allora la figliuola e la madre si ridussero a Londra in cerca di lavoro; ed ella viveva e manteneva quella povera vecchia dando lezioni di tedesco, di spagnuolo e di pianoforte, chè il padre tutti i suoi risparmi li avea consumati nel farla istruire e darle dei buoni maestri.

Del resto nel racconto che ella fece non una parola di sfiducia o di rimprovero per alcuno: solo si doleva che i suoi genitori la avessero lasciata così sola e così presto, e perchè non li avrebbe più riveduti. Ricordava gli anni passati, quand'era giovanotta, in Edimburgo: v'era una casa piccina ed un orticello, una stanzetta da pranzo con un bel lume! Suo padre avea una bella barba bianca e, dopo il desinare, si sedeva su di una poltrona vicino al piano e voleva che lei sonasse e non si stancava mai d'ascoltare: quello era il suo unico svago, perchè avea tanto lavoro, povero vecchio! La mamma poi, con una gran cuffia bianca in testa, lavorava svelta svelta, zitta zitta sotto la lampada. Povera mamma, anche lei! Ed evocando quei cari ricordi, divagava in essi come nell'abbandono di un sogno, e talvolta lagrimava; e il dottore lasciava che raccontasse per ore continue e se piangeva, la lasciava piangere e le teneva strette le mani. Così in quella intimità buona fra l'esule e l'orfana trascorsero alcuni mesi.

***

Ora fu proprio passione d'amore? Io non saprei davvero dire. Ma penso che fu un bisogno di caldo perchè la donna si abbandonò fra le braccia di lui ed egli la baciò in bocca e la fece sua – non un desiderio di carnalità.

Egli era oramai maturo d'anni e di costumata vita e miss Nelly la considerava come una figliuola, nè d'altra parte in lei mai si erano avvertiti quei fremiti pudibondi che fanno accorta la vergine de la vicinanza dell'uomo.

Ma quella volta la giovanetta era più sconsolata che mai e la sera era fredda e tetra: da' suoi capelli fumava un profumo di giovinezza e di primavera e le sue lagrime domandavano dei baci ed ella avea molto freddo.

***

Quand'egli la andò a trovare ne la sua stanza, che vi si era rinchiusa e più non si faceva vedere, le disse: – Ora ti conviene, Nelly, diventare la sposa d'un povero e vecchio esule. Lo vuoi tu? –

Ed ella rispose di sì.

Si sposarono, e dopo alcun tempo, nacque un figliuolo.

***

Il dottor Lorenzo era vissuto fino allora con alcune poche migliaia di lire che possedeva del suo; ma dopo quegl'anni d'esiglio il tenue peculio era sul finire, e però ella, visto il loro misero stato, licenziato che ebbe il suo appartamento, si ridusse contenta in quello del marito: due stanze in tutto.

Da allora, ogni mattina, per l'immenso grigio veniva la Miseria e batteva imperiosa a la porta di quelle due stanze, perdute nell'alto de la città immane tra la caligine.

E ogni mattina il bimbo destandosi sorrideva fuori de gli stracci che l'avvolgevano, e quando il bimbo sorrideva, gli occhi di lui si riempivano di pianto e si impietravano per non lagrimare.

Invece la giovane donna si era tutta obliata ne la sua maternità: per lei il sole entrava a torrenti ne la stanza, le pervinche ed i gigli fiorivano, le rondini cantavano a prova quando il bimbo sorrideva.

La Miseria, bieca e rigida, batteva la diana a la squallida dimora; ma la donna non la udiva. Scaldava i pannilini al fuoco, cuciva le cuffiettine, racimolando le gale ed i nastri fra i suoi vecchi abiti di quando era giovinetta, e cantava certe sue cantilene dolci e vaghe che le rifiorivano ne la memoria, finchè il bimbo si era addormentato.

Se poi il sole appena rompeva le nebbie, diceva tutta ridente al marito: – Oggi è un bel giorno. Porterò il bimbo ai giardini. Vedi che bel vestitino gli ho fatto! Io sembrerò la domestica, ma non importa. –

Quel bimbo la struggeva tutta: le portava via il latte, il calore, le carni; e quando sorridendo diceva: – Vedi il bimbo come sta bene? – quel suo sorriso faceva lagrimare.

Il vecchio cospiratore fremeva pensando a quelle due fragili e adorate esistenze, incoscienti entrambe e non curanti del mondo, che si appoggiavano sicure a la sua impotente vecchiezza.

Se un giorno fosse mancato il pane o il fuoco, la donna sua non se ne sarebbe forse nemmeno avveduta e sarebbe morta cantando le sue cantilene d'amore al bimbo, così come muore la passera nel nido sovra i suoi piccini quando il gelo la coglie.

E si avanzava cupamente nel pensiero de le sue sventure con istraziante voluttà: vedeva la sposa ed il bimbo distesi sul letto; poi lui si puntava la canna d'una pistola a la tempia e stramazzava ai piedi del letto.

Chi in quella città mostruosa si sarebbe accorto di quei tre cadaveri? chi li avrebbe coperti e buttati ne la fossa?

Fissava fuori de la finestra quella interminabile fila di comignoli e di tetti che si confondevano ne le brume de la sera (nell'interno non si udiva che il borbottare d'una pentola e la nenia de la madre che vagheggiava il bimbo) e lo vinceva un desiderio di sole, di caldo, dove quelle due povere vite potessero rifiorire.

Che cosa gli importava di quel superbo regno di Britannia, cinto dal cupo oceano, che si scaglia verso i ghiacci del polo e s'incorona di nebbia? che cosa gli giovavano tutte le libertà di cui quella terra fu nutrice, le navi infinite che convergono ai suoi porti da tutti i mari del mondo, le mille macchine di ferro con i loro milioni di macchine umane che non cessano il loro lavoro mai? Oh meglio (pensava) la vecchia Italia, divisa, soggetta ai tiranni, ma benedetta dal sole! Laggiù se non si concede di essere liberi cittadini, si può almeno essere liberi mendicanti. E la vedeva lontana lontana la dolce patria e gli pareva che per giungervi avrebbe dovuto camminare sette anni (come dice la fola), e consumare sette scarpe di ferro.

Oh come allora l'imagine de la libertà politica de la patria impallidiva di contro a quel bianco volto di bimbo, a quella stanca figura di donna!

***

Per qualche tempo si temperò un poco de la sua tristezza e si fece cuore; e perchè come medico era più valente di quello che le circostanze in cui visse non avrebbero fatto supporre e parlava spedito l'inglese, così trovò modo d'esercitare la sua professione e campare meno male la vita. Ma vedendo che con gli anni la sua donna deperiva ed il bimbo cresceva esile e stentato e aveano bisogno d'altro cielo e d'altra vita, si decise di far ritorno al suo paese, dove i parenti e gli amici non solo lo affidavano di un sicuro lavoro, ma anche di aiuto e di conforto per i suoi, nel caso che egli avesse a mancare. Fu uno strazio per il suo orgoglio, ma la pietà de la famiglia la vinse su di ogni altro sentimento.

V'era in Roma un prelato che era suo lontano congiunto, e che egli conosceva per uomo dabbene e di cuore: gli espose il suo stato, pregandolo che intercedesse per lui: esser pronto anche a fare atto di sottomissione, se ne fosse stato richiesto, pur di potere rimpatriare sicuramente. Gli fu risposto in modo benevolo: sarebbe stato fatto il possibile per adempiere al suo desiderio, e nel tempo stesso erano dal vecchio prelato descritte minuziosamente tutte le pratiche da compiersi. Nè andò molto che da la legazione de la sua provincia gli giunse una lettera come di condono, e non molto appresso gli fu offerta una condotta medica nel contado ove dimorava G. Giacomo, come è detto nel principio di questo capitolo.

***

Il ritorno fu lungo e triste, perchè la donna gravemente infermò per viaggio, nè vide il bel paese, di cui tanto avea udito ragionare. Morì in una città di Provenza, e il dottor Lorenzo consumò tutto quel poco che gli rimaneva perchè la sua donna avesse un angolo fiorito e tranquillo in quel cimitero, dove nè egli nè il figliuolo sarebbero forse più ritornati a pregare.

***

Ora conviene dire di un prete che era parroco di quella terra da molti anni: si chiamava Don Leonzio ed era grande amico di G. Giacomo.

Avea circa sessant'anni; alto, scarno, con una fronte adusta e sottile, i capelli quasi bianchi, spioventi a ciocche rade giù pel cranio sino a le spalle: una grande energia gli si leggeva nel taglio sottile de le labbra e ne la luce de le pupille che mal si celavano sotto le ciglia folte.

Vestiva con una certa austera eleganza pretesca e nel portamento e ne l'andare lo sorreggeva una dignità signorile e quasi sdegnosa: antico prete, che avea avuto troppo sottile ingegno e troppo studio per la sua condizione e però era triste e pieno d'ombra.

Di lui si sapeva che era stato prolegato in alcune città de le Marche e de l'Umbria e che nel reprimere ogni moto liberale, avea spiegata una sagacia ed una risolutezza violenta e spesso crudele; ma dopo l'avvento di Pio IX al pontificato, o perchè la sua intransigenza spiacesse al nuovo Papa, o piuttosto perchè gli avvenimenti de gli anni '48 e '49 lo avessero disilluso, il fatto è che già da quel tempo si era dimesso da ogni pubblico ufficio; avea chiesta ed ottenuta una pieve da amministrare nel suo paese natio e quivi si era ritirato sdegnosamente.

Quella desolata figura nera di prete, la si vedea passare per i sentieruoli e per le viottole che serpeggiavano presso de la parrocchia: sentieri dove il biancospino fioriva co' suoi fiorellini amari e la madreselva s'intrecciava in alto odorosa ai viticci de le viti: ma egli non sentiva, forse, che la sferza di questo antico sole che sciòglieva e scaldava le sue vecchie membra.

E per quelle vie, dinanzi al prete ambulante al sole, passava spesso il medico col suo figliuolo sul baroccino al trotto del cavalluccio slombato. Il fanciullo era già alto per la sua poca età: ma pallido pallido con i capelli biondi spartiti su la fronte e ravviati con molta cura. Indossava de gli abitini semplici e pur eleganti, che facevano contrasto con la giacca di fustagno del babbo; cioè un giubbetto turchino scuro con un collare di tela insaldata e candida, le scarpine lucide, le calze nere, tese ed allacciate sopra il ginocchio.

Chi pensava a quelle piccole cose de la mondizia del bimbo? Forse era l'anima de la madre morta, che riviveva in una femminea cura del vecchio padre.

Ed il prete, per avventura, lesse in quella faccia irsuta del medico un dolore antico ed un grande amore, e il dottor Lorenzo ebbe come pietà di quel prete che si avviava trasognato e solo verso la morte.

Da ciò ne avvenne che il vecchio liberale ed il parroco reazionario si salutassero; e, quando il bisogno de l'ufficio loro lo richiedeva, ragionassero con maggior benevolenza che da prima non si sarebbe pensato.

G. Giacomo poi, che subito aveva stretta relazione col dottore, era rimasto come incantato di quel ragazzino che spicciava a stento le parole de la nostra lingua, e parlava così spedito in inglese; idioma incomprensibile pel dabben uomo, e si divertiva e rideva a farlo ragionare con que' suoni gutturali ed aspri, specie poi a vederlo così serio e compassato com'era; e ogni volta che passava per la sua villa, gli regalava de le belle noci o un canestrino d'uva o in altro modo gli faceva festa.

Che anzi quando il dottore un giorno gli disse che voleva mandare il suo figliuolo in un collegio a Torino e che stava in gran pensiero per la ristrettezza dei mezzi, G. Giacomo pur obbiettandogli la tenera età del fanciullo, gli si proferse spontaneamente di aiutarlo: ci avrebbe pensato lui per il corredo e dove il dottore non fosse arrivato a pagare la pensione, egli fornirebbe il rimanente.

Il dottor Lorenzo non ebbe cuore di rifiutare un'offerta che gli si porgeva così spontanea e cordiale, ed accettò ringraziando e commosso.

Il corredo venne allestito, ed un bel giorno padre e figlio partirono.

Quegli ritornò dopo una ventina di giorni e riprese la cura de la sua condotta.

Il cavallo lo trascinava su per le erte o lungo le vie piane e diritte, ma il cuore di lui era lontano lontano.


## CAPITOLO VI.

L'estate era passata e Don Leonzio si stava più a lungo del consueto fuori de la canonica a bighellonare per i campi in cerca di sole. Poi era venuto il novembre e tutto il dì era una pioggerella fine fine, continua continua senza vento, che entrava dentro la terra e ne rammolliva le zolle riarse da la caldura estiva.

Annotta presto in novembre: i villani si raccolgono dentro le stalle: le donne a filare, gli uomini a raccontarsi novelle e a fumare la pipa.

Ma ohimè! il prete ed il medico, uomini solitari, dove mai si sarebbero eglino ricoverati in quelle sere accidiose e lunghe?

A dir preghiere il prete?

È vero che ne le chiese vi si serba un po' di tepore anche nel verno.

Forse sono i sospiri e le lagrime de le genti dolorose che vengono al vespero a supplicare i grandi santi neri; forse sono i fiori che muoiono su l'altare maggiore e lasciano sfuggire il calore che hanno bevuto nei campi; o forse è il lumicino esile de la Madonna, che il sagrestano rifornisce d'olio ogni sera e brilla per tutta la notte.

Forse è quel lumicino che diffonde un po' di tepore ne la chiesa buia e deserta.

Ma il prete ne ha dette assai ne la sua vita di preghiere e gli hanno giovato ben poco. Allora passerà la lunga veglia ne la casa parrocchiale. Ma, ohimè, essa è triste; la sua stanza è desolata ed il letto nero, stretto, freddo richiama a mente la bara.

Il vespero vi muore su le pareti scialbe; e il sole, nascosto dietro le nubi, non vi stende neppure un fuggitivo raggio di porpora. Alcuni grandi quadri, con le cornici tarlate e grevi: monache idropiche, santi smunti, martiri che sembrano avere a tedio il sacrificio e la fede, aumentano lo squallore di quelle stanze per cui freme un brivido di freddo e di noia.

E poi vi passa tutto l'esercito disperato de le memorie di una vita trascorsa inutilmente operosa; passano e precipitano giù nel sepolcro de l'oblio.

E il dottore dove passerà la sera?

L'angolo più tepido de la sua casa è la stalla, dove il ronzino rumina in pace la sua razione di gramigna. Una vecchia fante che ha conservato ancora tanto d'intelligenza quanto basta a rifare il letto e mettere al fuoco la pentola, ha sparecchiata la cena.

Egli fa cadere da la bottiglia l'ultima goccia di vino; ma il buon liquore non suscita che fantasmi dolorosi: la moglie in un cimitero lontano, lontano; il figliuolo laggiù a Torino in collegio. La madre nel suo sogno immoto, giù nel soggiorno freddo dei morti, ed il figlio forse pensano al povero vecchio; però il grappolo invano maturerà sul colle, che il suo succo più non rallegrerà la famigliuola riunita ad un solo desco.

Fu in una di quelle sere che Don Leonzio si recò in casa di G. Giacomo ed il medico fece il simigliante: ambedue bisognosi di riscaldarsi, più che a la viva fiamma del focolare, a l'affetto di quella gente buona e semplice; e l'uno presentiva che vi avrebbe trovato l'altro: ma v'è qualche cosa di più forte che non le passioni di parte, ed è questo grande dolore umano in cui i buoni si riconoscono fratelli come ne la morte.

La prima sera che si trovarono a veglia da G. Giacomo fu così.

Il dottore e Don Leonzio venendo da due opposte stradicciuole, s'incontrarono proprio davanti a la villetta che da pochi istanti era suonata l'avemaria e le ultime vibrazioni ancora tremavano ne l'aria ferma ed umida de la sera. Le due finestre de la cucina a pianterreno lucevano, e la luce pareva più viva al confronto de le ombre nascenti.

Come il dottore fu vicino sì da essere ravvisato da l'occhio fioco del prete, disse a voce alta:

– Suonate presto eh l'avemaria adesso? –

– Oh siete voi, dottore? Sicuro suona presto ora: gli è che le giornate si sono fatte corte; eppoi la sera fa freddo. Venite anche voi a fare due chiacchiere da G. Giacomo? –

– Tanto da far l'ora di notte. –

Così salutandosi e parlando, avevano attraversato l'aia e picchiarono a la porta socchiusa.

Venne ad aprire il reggitore del fondo, il quale come ebbe visto nel quadro de la porta rizzarsi la figura del prete, – Oh – disse forte – è lei signor curato? – e poi ravvisando dietro lui il dottore – Toh, anche il signor dottore! che bella pensata di venire stasera! – e chiamò di dentro il padrone.

Ma questi aveva già inteso a le voci chi fossero i due visitatori, e si fece loro incontro sorridendo, e con liete parole li invitava ad entrare.

La cucina era grande e luminosa. Sul focolare due grossi tronchi mantenevano a mezzo bollore una caldaia sospesa a la catena pendente da la cappa del camino e diffondevano un lieve tepore. In mezzo era una tavola grande di pulita rovere e da un canto la madia capace e tumida. La signora Paola ed una fanticella, con le maniche rimboccate sino al cubito, facevano un gran rimestare la pasta per il pane entro la detta madia al lume di due lucernette appese in alto.

La farina, intrisa con l'acqua bollente, levava un tepido nembo di fumo e di polvere, sì che le due donne, sospendendo alquanto il lavoro, apparvero a gli ospiti come ravvolte e confuse in quella nebbia.

– Ah, ah, fate il pane, donna Paola? – disse il prete – ne ho inteso l'odore sino da la porta. –

– E mi dispiace di non poterle stringere la mano, Don Leonzio; e così a lei, dottore, perchè guardino un po'! – e sorridendo levava in alto le mani intrise di pasta.

– E tu fermo, marmocchino! – riprese mutando voce e volgendosi ad un bimbo di pochi anni, solo e adorato figliuolo, nato dopo molti anni di matrimonio. Voleva fare il pane anche lui, e mentre la mamma volgeva l'occhio altrove, stava affondando le sue manine ne la madia.

G. Giacomo porse a i due amici le seggiole accanto al fuoco, poi posò su la tavola quattro bicchieri di cristallo e sturata a fatica una bottiglia, ne versava un bel filo pallido e odoroso di malvasia.

E, come interviene, si ragionò alquanto de le cose del luogo e del tempo; poi il prete, domandato da la signora Paola, benedisse la pasta per il pane; e infine quando parve ora, tolsero commiato promettendo che sarebbero ritornati la sera veniente.

***

Ritornarono; tanto che una certa dimestichezza cominciò a nascere fra il medico ed il prete: ragionavano di varie cose e, spesso, la discussione s'accendeva vivace come accade fra persone di contrario pensare. Una sera, per esempio, il prete vedendo che il dottor Lorenzo si era fatto muto e guardava con occhio intento e pensoso il figliuolo di G. Giacomo, addormentato in braccio del padre, disse:

– Io indovino la vostra mente: voi adesso pensate al vostro figliuolo. –

– Sì proprio – rispose scotendosi, – penso al mio figliuolo. A quest'ora il poverino studia ancora! –

– A quest'ora? e dimmi: è molto che non lo vedi? – dimandò G. Giacomo.

– Sono andato a trovarlo questa Pasqua, se ve ne ricordate, che rimasi assente più di due settimane. Non ne potevo più di rivederlo e farlo un po' divertire. Tutti i suoi compagni escono la festa con i loro parenti, e allora lui rimane sempre in collegio solo. –

– E non si è lamentato, non ti ha detto che vuole venire con te? che non vuol più stare in collegio?

– No, perchè egli capisce che tutto è per il suo bene. Però mi ha fatto pena quando l'ho visto! Figurati un gran stanzone da studio con dentro più di cinquanta ragazzini, tutti zitti e curvi su i loro libri che si sentirebbe volare una mosca. L'hanno chiamato, ed ho visto quella sua povera, testolina bionda levarsi dal banco come meravigliata: guardò attorno, mi riconobbe, mandò un piccolo grido e corse ad abbracciarmi e poi si mise a piangere.

Dopo diventò tutt'allegro, e mi ha fatto vedere il suo letticciuolo, piccino, freddo, nel dormitorio, mi ha detto tutto quello che studiava, i punti che otteneva dai suoi professori e che era uno dei primi.

– Insomma è contento – concluse il prete.

– Lui sì, perchè ha un gran puntiglio e vuole riuscire; ma io l'ho sempre in mente quella povera creaturina, senza l'amore di nessuno in quel grande collegio e mi si stringe il cuore a pensarci. E poi state a sentire che orario (e così dicendo levò dal taccuino un foglietto e seguitò): la mattina levata a le cinque: due ore di studio, colazione, quindi tre ore di scuola. Seconda colazione, mezz'ora di svago in cortile, poi ancora scuola sino a le due. Da le due a le quattro, alcuni giorni esercizi fisici ed igienici, come ballo, scherma, ginnastica; altri giorni invece insegnamento di lingue straniere, nozioni di diritti e doveri del buon cittadino, calligrafia, stenografia, etc. Dopo, un'altr'ora di studio, poi pranzo, un'ora di ricreazione, due ore di studio, infine riposo. –

– E così tutt'i giorni? – domandò G. Giacomo con meraviglia mista a sgomento.

– Press'a poco. –

– E per quanto tempo? –

– Per otto o dieci anni, finche durano gli studi secondari e sia giunto il tempo di andare a l'Università.–

– Oh senti – disse G. Giacomo, – se anche dovesse diventare un Pico de la Mirandola, un Aristotele o che so altro di più grande ancora, io non ci resisterei a vedere il mio figliuolo tormentato a quel barbaro modo per tutta la sua prima giovanezza; ma lo andrei a pigliare e lo vorrei con me, con i suoi genitori e ne la sua casa. –

– E studiare? come vuoi tu che possa studiare in queste campagne? –

– Eh! se proprio dovesse studiare, la città non è poi molto lontana. Gli comprerei un asinello con un piccolo baroccino e lo manderei tutte le mattine al seminario. Lui poi ritornerebbe al tocco per l'ora del pranzo…

– Sì bravo, G. Giacomo – interruppe Don Leonzio – e ci pensi tu che il dottore voglia mandare un suo figliuolo a la scuola dei preti? –

Rispose il dottore pacatamente:– No! non è per questo o per odio che io oramai abbia verso qualcuno; la ragione vera è questa che voi non volete intendere: cioè che da tanto tempo gli studi hanno fatto dei progressi immensi e queste nostre scuole dei seminari oramai non rispondono più ai bisogni de la vita moderna; di quella vita che circolerà anche qui, quando queste barriere del governo teocratico saranno abbattute, come ne ho fede. Ma ci pensate proprio che io senza un grave motivo mi sarei indotto a separarmi dal mio Giorgio? E perchè vedo bene ne l'avvenire che ho voluto mandarlo in quel collegio Nazionale di Torino, ove tutto l'insegnamento è informato ad un alto e severo concetto de la scienza, cioè de la verità; la quale folgora con tanta luce che bisogna essere ciechi per non vedere. Queste qui sono scuole di morti; ma là si studia per educare e temprare le nuove generazioni ai futuri destini di questa patria, quando ella sarà tutta unita, tutta forte; ricca di opere magnanime e virtuose. –

– Voi – rispose ironicamente il prete – vi addentrate troppo a cuor leggero in questioni difficili. Lasciate stare la scienza, i futuri destini ed anche la verità, che può darsi sia tuttora in fondo al pozzo e vi debba rimanere per chi sa quanto tempo. Ritorniamo semplicemente al vostro figliuolo, ai suoi compagni ed a la loro educazione: ci credete proprio che sia ben fatto con tanta copia di insegnamenti costringere l'intelligenza dei giovanetti ad uno sviluppo immaturo, e ad una ponderatezza superiore a la loro età?

Quante cose essi debbono apprendere! La mente viene quasi divisa in un gran numero di parti, de le quali ciascuna deve assorbire una determinata disciplina, non altrimenti che si dispongono gli oggetti nei vari scompartimenti di uno scrittoio. E non vi pare che in tal modo, voi che volete seguire la verità, vi opponiate a quelle che sono la prima verità, cioè le leggi serene e buone de la natura? Tenetelo per certo che la natura si ribellerà a questo sforzo; e tutto quel complesso di studi, ancora che fossero impartiti con metodo e con ordine (de la qual cosa ho gran dubbio) finirà con l'oscillare, confondersi, poi svanire da la mente de gli scolari.

E supponete pure che sia possibile di eccitare in essi un precoce sviluppo di intelligenza ed una anormale ponderatezza; credete che queste si manterranno e progrediranno armonicamente col progredire de gli anni? Io penso che, quando sia giunto il tempo di cogliere il frutto, questo non abbia a corrispondere a così lungo ed aspro tormento di studi, se pure non si manifesti una reazione di regresso e di accasciamento tanto intellettuale che fisico, e non solo in essi, ma quel che è peggio, ne le generazioni future.

Infine, imaginando che a furia di abitudine e di metodo possano anche i giovani di mezzana intelligenza (che sono i più) progredire e compiere bene il loro corso, ci credete proprio che sia cosa utile e buona il chiamare universalmente i giovani a questo grande dolore del conoscere? Oh! ritenete per certo che essi, senza nemmeno volerlo, ma per l'impedimento e l'incompatibilità inerenti a la loro mediocrità, sfuggiranno di salire a le sublimi e dolorose solitudini de la scienza e, o la costringeranno ad abbassarsi sino al livello de le loro intelligenze, ovvero non cercheranno di sfruttare da lo studio se non quella parte che torna a loro di immediata e pratica utilità. –

– D'altra parte – rispose il dottore – la civiltà si avanza così universalmente e con tanta forza, che si può paragonare a quella de la marea, la quale rigonfia tutto il mare e monta e trascina in alto chi di buon grado la segue, mentre uccide ed affoga chi vi si oppone: il sapere progredisce e si moltiplica in nuovi rami che si impongono di necessità, ed a le scuole prima di tutto. Voi poi, Don Leonzio, che volete essere uomo savio, non avete bisogno che io vi insegni come sia da stolto il volere andare contro il fatto o il fato storico, che è la realtà. –

– La realtà non è sempre la verità – ribattè il prete, – ed io pur conoscendo come sia cosa vana o stolta l'opporsi all'impeto de la corrente, pur vi assicuro che mai non sento tanto tutta la libertà e la divinità de la mia anima come quando io solo mi ribello contro la forza de la moltitudine. Quanto poi a l'essere schiacciato ed ucciso, ciò non riguarda me, ma solo la brutalità di quella forza. –

– Sia come più vi piace – conchiuse sorridendo il dottore, ma pensate anche che gli stati retti a libero governo, come fra non molto sarà l'Italia, hanno bisogno che le nuove generazioni siano in grado di esercitare questa libertà, e ciò non si ottiene che mediante un'istruzione diffusa. Quanto poi a me, io vi dirò che non sto a pensare tanto in là: io, come padre, voglio che il mio figliuolo studi e vada avanti; e non ho altra paura che il suo povero corpicino non resista a lo sforzo de la mente, e non ho oramai più altra speranza o desiderio che la sua riuscita. Io lo voglio vedere il mio Giorgio, bello, forte, armato di sapere e d'ingegno come i cavalieri di una volta erano armati di ferro! –

– E tutto questo, di grazia, perchè? – domandò il prete.

– Perchè? e me lo chiedete? perchè trionfi, cioè ottenga un alto e degno posto ne la società. –

– Ecco cosa di cui non vedo il bisogno – disse freddamente Don Leonzio.

– Già, perchè voi non avete fede e negate il fatale svolgersi progressivo de l'umanità e sopratutto perchè non siete padre, ma un vecchio prete solo e misantropo. –

– Il vostro amore di padre può scusarne l'orgoglio; ma, persuadetevi che non è cosa naturale, e, se anche fosse, non sarebbe cosa buona. –

– Non è naturale il volere che i figli propri trionfino? Domandatene a G. Giacomo che è padre come me. –

Questi che fin'allora si era rimasto ad ascoltare quella strana disputa, interrogato, rispose bonariamente: – Oh io, dottor Lorenzo, non ci arrivo tanto in là ne le vostre discussioni: io lascio il mio figliuolo ruzzare al sole fin quando vuole...

– Ma che cosa ne vorrai fare? un ignorantello, un ozioso... –

– Come me, volevi dire? – interruppe sorridendo G. Giacomo.

– No, perchè tu sei un uomo buono. –

– Bravo! Se io ti sembro un uomo buono, come vorrei essere con l'aiuto di Dio, così desidero che il mio figliuolo diventi un uomo buono e nient'altro. –

– E non vorrai tu istruirlo? lo lascierai crescere così, come vien viene, in queste campagne? –

– Io?... io, quando sarà grandicello, gli insegnerò a leggere, a scrivere e a fare un po' i conti; Don Leonzio gli insegnerà un po' di religione e di morale; poi se vedrò che abbia testa, andrà anche lui al seminario a imparare qualcosa di latino e la storia romana, che è per così dire la storia de la nostra gente. Infine vivrà come vivo io o come vuol lui, piglierà moglie, se gli piace, o lavorerà secondo il suo genio. –

– Tu dici questo – ripigliò il medico – perchè sei vissuto sempre qui e non hai idea di ciò che vuol dire scienza e progresso. –

– Sarà come dici; ma io sono proprio convinto che, se gli uomini cominciassero a conoscersi un po' meglio e a volersi bene l'un l'altro, la scienza e il progresso non potrebbero andare più in là: questa non è un'idea nuova, ma siccome non la si mette mai in pratica, così può passare per nuova. Ora per far questo, con i ragazzi, non ci vogliono tanti collegi, tanti maestri e tanti studi, ma basta il buon esempio e l'ammaestramento dei genitori. –

– Ma dimmi un po': e se il tuo figliuolo avesse de l'ingegno per riuscire qualche cosa nel mondo, che so io, un musico, uno scienziato, un poeta, non avresti tu rimorso di avergli chiusa la via? Come vuoi che, vivendo questa vita zotica e materiale, si possa in lui sviluppare l'ingegno se ne ha? Mio figliuolo (non dico per vanto ma per fartene persuaso) a undici anni studia l'italiano, la storia, il latino, l'aritmetica, la geografia, il francese, il disegno, gli elementi di storia naturale, la ginnastica... –

– Recipe per cuocere il pesce: s'infarina e si frigge – borbottò il prete.

– Oh povero bimbo mio – interruppe G. Giacomo con una lieve ombra d'ironia ne la voce, ma intensa per amore, e lambiva piano piano la testa bruna e grossa del fanciullo addormentato, – digli al dottore che la conosci anche tu la ginnastica quando la mattina balli la monferrina sul letto... –

– Non badargli a quello che dice – riprese il prete, – perchè se Dio ha dato del vero ingegno al tuo figliuolo, anche andando al seminario a studiare con i vecchi sistemi, l'ingegno verrà fuori lo stesso, e la natura gli fornirà la forza di compiere in un anno quello che nel suo collegio non fanno in dieci con tutte le loro pedanterie liberali: e lascia pur dire, che l'Italia non è mai stata la terra dei beati ancora che ci abbiano dominato e ci dominino i preti.

La verità è che molti sono i giovanetti che, specie ai genitori, danno apparenza di essere forniti di vero ingegno, ma pochi sono quelli che ne hanno di così buon seme che cresca di pari passo con gli anni e produca opere grandi. – E perciò seguitava dicendo che non era ragione di allevare tutti i giovani in eguale maniera e con tale intensa e forzata coltura, e che per lo meno era cosa strana vedere tutti quei cervelli, quasi germi di piante ancora ignote, essere tirati su come fossero tanti cedri del Libano.

Allora, come sovente interveniva in quei loro ragionari, il dottore tirava in questione l'odio dei preti contro il sapere e la patria; poi saliva con infiammata parola a descrivere l'Italia quale sarebbe stata nel tempo avvenire.

Era nel suo pensiero tutto un mirabile consenso di energie e di virtù che aspiravano con lavoro incessante a formare de l'Italia una nazione libera, grande ancora, rinovellata e battezzata ne la modernità, ancora maestra di vita civile in questi nuovi tempi.

Leggeva i giorni numerati, ricongiungeva il passato al presente sì che gli avvenimenti acquistavano l'impronta di cosa fatale.

Gli eroi de le età trascorse, i martiri, i poeti combattevano, grandi spiriti, davanti ai nuovi eserciti de la gioventù italica; perchè non era solo la generazione presente che si moveva in campo; erano tutte le generazioni morte con tutta la loro gloria immortale che sospingevano avanti e insegnavano la via!

Le parole del vecchio liberale, mentre così parlava, si accendevano di grande affetto, e talvolta sotto l'impeto de le memorie e de l'entusiasmo la voce gli tremava come di pianto. Solo si doleva di quella che chiamava la sua viltà, quando fece domanda d'essere richiamato da l'esiglio; ma, come scusa di una colpa che nessuno dei presenti gli apponeva, ricordava la moglie inferma e bisognosa di più mite cielo, la miseria, la pietà per il figlio.

G. Giacomo, ancora che abituato ai discorsi del medico, si lasciava tuttavia vincere da quelle calde parole a cui ben poca fede prestava, ma pur lo commovevano e ne intendeva l'affetto: perchè anche lui la amava questa vecchia Italia, solo che la sua missione storica o la credeva compiuta o piuttosto gli pareva che tutto quel fremito di rivoluzione non tanto si partisse e si originasse da le viscere stesse de la nazione, già esausta di troppa gloria e di troppe opere, ma fosse soltanto il consenso di un grande, oscuro mutamento sociale e morale che si irradiava da altri centri oltre alpe ed oltre mare; e ne aveva paura.

– Quello che noi facemmo per la patria – finiva a mo' di clausola il dottore – è ben poca cosa. Voi vedrete i nostri figli! Come l'ameranno, con quante e quali opere le faranno onore! –

Ma Don Leonzio rideva d'un suo riso fine e triste; e, quando quegli ebbe finito, pianamente proseguì:

– E continuando al primo detto, non vi pare, dottore, che tutta quella gente dotta che uscirà da le vostre scuole, sarà di troppo? –

– I migliori andranno avanti – rispose il dottore, richiamato d'improvviso al discorso di prima – ed anche per i mediocri vi sarà posto, anzi saranno necessari, perchè voi non pensate o non imaginate le infinite applicazioni de la scienza tanto ne gli studi come ne' commerci e ne le industrie: e poi la politica non la contate voi, quando tutti saranno chiamati a prendervi parte? –

Il prete, seguendo più il filo de le sue idee che per rispondere al suo contraditore, continuò:

– Io ho contraria opinione e temo forte che, chiamando tutti i giovani a studiare press'a poco le cose stesse, in uguali scuole, determinando il sistema, la via, il tempo, non si finisca col mettere le pastoie e, forse, isterilire molte intelligenze di quelle che sono libere e geniali. Queste crescono, è vero, per virtù di studio e di pazienza, ma sopratutto perchè sono amiche al cielo e di buon seme: esse hanno bisogno di lietezza e di libertà vera, non di essere costrette a muoversi secondo che stabilisce un ordinamento scolastico, il quale con la sua rigidezza ne deforma il naturale sviluppo. Ma quello che mi dà più pensiero, è per ciò che riguarda la grande pluralità dei giovani: cioè a dire i mediocri ed i pessimi. Questi, trascinati quasi inconsciamente e loro malgrado forse da quel meccanismo di studi, si troveranno ad aver percorsa la via medesima che i buoni, con i medesimi gradi e gli stessi onori. Allora avverrà che la moltitudine la quale è inetta a giudicare bene da per sè, onorerà e si lascierà guidare piuttosto dai mediocri e dai pessimi che non da quelli che ne sarebbero degni, e ciò naturalmente, poichè l'improntitudine e l'audacia, necessarie a chi vuole acquistarsi l'estimazione del pubblico, si accompagnano, quasi sempre, a la leggerezza de le intelligenze e de le coscienze, mentre le persone che hanno valore grande, d'ingegno o di bontà, sono per natura un po' timide e disdegnose.

E poi l'universale de gli uomini ha un quale sacro orrore de le altezze; e, se attraverso la lontananza del tempo e de la storia sembrano ammirare certe figure umane, meravigliose e perfette, quando queste si impersonano in individuo vivo e presente, allora se ne rifuggono, o perchè proprio non lo intendono o perchè intuiscono che non sono adatti a seguirne le opere ed i consigli: invece trovano più affinità con i mediocri ed a costoro si affidano anche con danno manifesto. Così che la scelta non avviene fra quelli che sono veramente i migliori, ma fra quelli che possiedono certe doti di accortezza, audacia, perseveranza e intuizione dei mezzi necessari a la riuscita.

Questo fatto pur troppo è fatale e si manifestò in tutti i tempi (giacche gli uomini veramente grandi tu li vedi isolati nel corso de la storia, quali scogli in mezzo a una fiumana; ed anche se per certe circostanze l'opera loro esercitò un notevole influsso a indirizzare nel vero l'umanità, quell'opera e quell'idea si andarono corrompendo attraverso questo volgo infinito, non diversamente che una pianta gentile si deforma quando il seme ne è trapiantato in un terreno inadatto), ma non mai questo trionfo dei mediocri ebbe o avrà un'attuazione più diffusa come in questi nuovi tempi di cui voi affrettate l'avvento. Oh, questo sì ve lo concedo, cioè a dire che la vostra istruzione democratica, cioè impartita a l'universale, avrà per effetto di raffinare quelle doti de la mente che prima vi ricordai, come sarebbero duttilità e finezza di percepire e di conoscere, tenacia ne l'opera, coraggio, abilità, astuzia nel tentare ne lo infingersi e via dicendo, anzi fornirà ad esse tutti i mezzi per farsi valere. Ma queste, tenetelo a mente, sono qualità comunissime e davvero non merita il conto di coltivarle. Che direste voi se uno facesse un allevamento di vipere? sperereste forse che abbiano a diventare o chimere o fantastici e bellissimi animali fuori de le forme di natura? Oh, gli antichi alchimisti che cercavano la pietra filosofale, ben riderebbero di voi che sognate di trasmutare questo fango de l'anima umana in una gemma preziosa.

Quanto più nel vero siamo noi nel nostro errore (se è un errore), quando diciamo che l'anima è bensì cosa divina, ma la sua divinità non appare che dopo la morte, quando il corpo che era velo e carcere, si è sciolto e Dio la accoglie nel suo seno. Del resto l'ingegno vero è ben altra cosa che quelle qualità che voi potrete raffinare ne le scuole, perchè esso è fatto di luce, di bontà e di dolore, materie d'insegnamento che non cadono nei vostri programmi! Ma questa democrazia di mediocrità fatte nobili e potenti, non potranno che odiarlo e soffocarlo dovunque e comunque si manifesti, o tutt'al più lo avranno in conto di un portento mostruoso e si divertiranno de la sua opera come la folla ammira il gigante o l'aquila o il leone nei serragli de le fiere.

***

Così spesso il prete ed il dottore ragionavano senza che l'uno riuscisse a persuadere l'altro: vero è che, così conversando, il tempo passava meno tristamente per il vecchio prete; e, ciò che è un gran bene, inavvertita s'approssimava l'ora de la morte.

G. Giacomo coltivava lietamente i suoi bei campi fioriti e solatìi; e quando il suo figliuolo divenne grandicello, così il più de le volte lo teneva seco e lo guidava per mano. E il dottore che girava per le vie di campagna sognando i futuri destini de la patria e congiungendoli involontariamente ai trionfi del suo Giorgio, un giorno che quell'imagine gli era più viva in mente, passando

41

davanti a G. Giacomo, che appunto avea con sè il suo figliuolo, un po' confusetto e moccioso, disse:

– Oh, G. Giacomo, tu gli vuoi un gran bene a quel tuo figliuolo, non è vero? –

– Se gli voglio bene!... –

– E non stai in pensiero per lui? –

– In pensiero? e perchè? È nato da genitori sani ed onesti, che vuoi di più? –

– Ma non intendi che questi tempi in cui sei vissuto, stanno per finire? Incomincia una nuova età, o buon uomo, e quando tu sarai morto, che cosa farà quella povera creatura che tu allevi così semplice ed inesperta? Proprio se non avessi qualche po' di roba da lasciargli, avrei pietà del suo stato! –

– Caro dottore – rispondeva G. Giacomo – quel poco che io ho, lo possono aver tutti, perchè la terra è tanto grande. Vedi, io per me ne ho anche di troppo; e – aggiungeva sorridendo – ne vuoi tu una parte? così ti chiami il tuo figliuolo, vivete in pace ed amore senza domandare tante cose a questi pochi anni che bisogna vivere quaggiù. –

Ma il dottore crollava le spalle e diceva che sarebbe venuto il tempo che si sarebbe pentito.

***

Il figliuolo di G. Giacomo imparò a leggere e scrivere e ad essere giovinetto savio e ubbidiente; ed era bello e forte come novella pianta. E più tardi, come fu alquanto cresciuto ne gli anni, ebbe un baroccino ed un asinello e andava quasi ogni mattina al seminario de la città a imparare un po' di latino e di storia romana, che – come diceva suo padre – è la storia di questa nostra terra e di questa nostra gente.


## CAPITOLO VII.

Dal '59 a l'anno che Roma fu tolta al Pontefice, gli avvenimenti precipitarono con tanta rapidità, che G. Giacomo non aveva tempo di rendersi esatto conto di un fatto che l'altro sopraggiungeva.

Un giorno tre reggimenti di bersaglieri, piumati e frementi erano entrati ne la sua città con gran meraviglia di quelle mura vecchie e solitarie. Squillavano le fanfare, bandiere di seta ondeggiavano e stridevano, grida e fiori ricoprivano quelle schiere. Pochi giorni dopo Lamoricière era vinto, Pimodan ferito a morte. Vi rispondea come un eco l'epopea di Garibaldi: un reame conquistato, un re messo in fuga. Il sole non maturava allori che fossero bastanti! Poi il plebiscito, Custoza, la cessione di Venezia e in ultimo la presa di Roma, con quel re Emanuele che usciva in viva luce da l'ombra de le leggende, da la polvere de le battaglie lombarde; ed ora appariva su l'alto del settimonzio, terribile, folgorante di gloria e d'ermellino a segnare con nuove parole le pagine di una storia sorprendente.

Don Leonzio trovava incresciosa sino la luce del sole; ma G. Giacomo, non vinto da alcuna passione di parte, però fra la sorpresa e la meraviglia del succedersi di così nuovi e per lui inaspettati eventi, si accontentava di dire che se ciò avveniva era perchè Dio lo voleva; e, se era un bene, non sarebbe tardato molto ad apparire.

La luna batteva ancora su la via Flaminia e gli antichi legionari passanti con le aquile d'oro nel sogno del poema di Livio, parevano riconoscere i piumati veliti che irrompevano giù dai piani lombardi; ne salutavano le bandiere – le bandiere che le mani de le donne italiche ricamarono. La canzone del Petrarca che comincia – Italia mia, – e che G. Giacomo aveva letto come esercitazione retorica ne' tempi lontani de la sua giovinezza, sembrava dire: – Io son giovane e vivo, canto ancora! –

Giorni memorabili!

Il dottore avea venduta la sua vecchia rozza e comperato un cavallino baio che fuggiva per le strade come una saetta. Pareva ringiovanito di venti anni e diceva che tutto era un bene, una benedizione di Dio, anche il suo esiglio, anche i suoi patimenti. – Ora, ora cominciano i giorni felici – ripeteva a G. Giacomo – e beati noi che siamo vissuti tanto per assistere a così lieta ventura! – e si studiava di persuadere il suo vecchio amico e confortarlo ne' suoi dubbi: – Le cose si accomoderanno per via; e Pio IX che benedisse l'Italia del '48, ancora la benedirà in questi nuovi tempi. Affrettiamo gli eventi!

Ti ricordi tu di Virgilio? – Iam, novus ab interitu saeculorum nascitur ordo… – e poi fuggiva come invasato sul suo trespolo. Un'altra volta gli ragionava di suo figliuolo che era a la Università e dava molto a sperare di sè, e voleva che anche il figliuolo di G. Giacomo studiasse – perchè tutti i buoni e i figli dei buoni si devono dare la mano per saldare moralmente questa cara patria.–

***

E gli anni precipitavano ne l'olimpica indifferenza de le cose umane.

Ma un nuovo fatto era avvenuto che volse in tristezza l'attonita meraviglia di lui per così improvviso mutamento di cose: il suo uomo che si recava ogni due mesi a la città a pagare le imposte, ritornò tutto dolente dicendo al padrone che le erano accresciute; e poi seguì un altro aumento e quindi un terzo e così via tanto che quello che prima era dieci, ora era diventato quasi il doppio; e, come interviene, standosi egli doloroso ed incerto, senza altrimenti pagare, gli fu mandato un avviso ove non solo il ritardo era gravemente multato, ma era detto che non pagando entro un determinato tempo, da prima i raccolti sarebbero stati confiscati e venduti, poi i fondi stessi posti a l'incanto.

Andò a la città: uffici nuovi, gente nuova.

Disse che il suo era ben poco; appena tanto da bastare a la sua famigliuola, e che il superfluo lo dava a quelli che erano bisognosi o incapaci di lavorare: se poi un anno o due avesse battuto la grandine, non che di vivere, ma non avrebbe avuto nemmeno da pagare le dette imposte. – Se la va innanzi di questo passo – conchiuse egli – mi converrà vendere e venire da voi perchè mi diate da vivere. –

Una persona, di quelle burbanzose che passano metà de la vita ad un finestrino di ufficio, l'altra metà ad aspettare che arrivi il giorno de la paga, poi l'aumento, poi la pensione, a le rimostranze del buon uomo si degnò di alzare le spalle e indicò alcuni decreti stampati che pendevano da la opposta parete.

Convenne sottomettersi; ma nel tempo stesso un gran senso di scoramento gli s'infisse ne l'animo.

***

Un anno, di giugno, con un cielo chiaro di piombo, la grandine devastò il raccolto del grano e de l'uva. Piombava, frantumava le spighe; i grappoli cadevano a terra pesti e spezzati; pampini e tralci erano fatti a frusti come se un carro falcato vi fosse passato per mezzo.

E i poveri, ne l'inverno, erano cresciuti di numero e venivano anche da lontano a domandare la calda minestra, quando sonava mezzogiorno.

Ora G. Giacomo di queste sue disavventure si querelò una volta con un certo tale che era cavaliere e agente de le imposte e grande amministratore.

– Ma caro signore, – rispose costui – se cade la grandine, vi sono bene le società di assicurazione; e se un anno ella si trova in istrettezze, si rivolga a le banche che le faranno credito. Mi ricorda i poveri! Ma la povertà è abolita per legge. Ci provvede il Governo; l'individuo ne è dispensato. Non vede quante società di beneficenza, congregazioni, patronati, fiere, balli, ricoveri, ospedali, manicomi vi sono per i poveri? Ella non ha altro dovere che di pagare le sue imposte; al resto ci pensiamo noi. E poi? E poi bisogna sapere un poco industriarsi ne la vita! Commerci, faccia traffichi col grano, con l'uva, con quello che vuole; e se sono cresciute le imposte, è cresciuto anche il prezzo de le derrate: legga i giornali, i listini di borsa; insomma non istia ad attendere la manna dal cielo come gli Ebrei. Ma le ferrovie, il telegrafo, la posta, i trattati di commercio, le società di navigazione, i mercati sono tutte cose state istituite con immenso dispendio perchè la gente svelta se ne valga ed accresca la ricchezza nazionale. Se non m'intende, peggio per lei: non è mica nato ieri perchè le si debbano insegnare queste cose! Tale è il progresso, e bisogna saperne approfittare e pagarlo. Non pretenderà mica che lo si abolisca per fare piacere a lei! –

G. Giacomo non sapeva davvero che cosa rispondere a quegli argomenti ed a quelle apostrofi scagliate con tanta sicurezza, o piuttosto sentiva dentro di sè che le sue ragioni non avrebbero che fatto sorridere di compassione quell'uomo così rispettabile e rispettato.

Il prezzo del grano e de le altre derrate era di fatto cresciuto, come diceva quel degno signore, ma a lui, se fossero andate ad un prezzo anche più vile di prima, non sarebbe importato un bel niente. Non voleva mica trafficare lui col prodotto de' suoi poderi; gli bastava di vivere libero e in pace!

Anche il dottore, a dire il vero, gli era venuto un po' in uggia, perchè un'altra volta che gli avvenne di lamentarsi con lui, questi gli ebbe risposto con un sorriso quasi di soddisfazione: – Oh caro amico, io te lo aveva detto che il mondo non era quale tu imaginavi! Il progresso non si ha mica per niente, e che sarebbe la società se tutti vivessero come tu vivi, e allevassero i figliuoli con le massime con cui tu allevi il tuo? Certo sarebbe una società morta, senza forza e senz'avvenire. E poi qui è nulla, che tu dovresti vedere e conoscere le grandi città. Che vita! quanto agitarsi di opere e di pensieri! Io ti darò perchè tu ne sii fatto certo, le lettere che il mio figliuolo mi scrive da Parigi e da Berlino, dove il Governo lo ha inviato perchè si perfezioni ne' suoi studi. Leggile e cambierai d'avviso. O fa a mio modo, dirozzalo un po' quel tuo ragazzone, mandalo a le scuole e poi, se non altro, gli farai avere un bell'impiego e vedrai come si troverà contento. Che cosa vuoi che faccia di quei due o tre pezzi di terra che gli lascierai quando sarai morto? che ci vegeti su come una pianta? –

***

I campi ridevano ancora al sole mite del buon tempo di primavera, e l'albero del giuggiolo, salendo alto oltre il tetto, cantava la sussurrante canzone a la brezza marina; ma queste buone cose de le terre e del cielo non valevano a sgombrargli l'animo da un gran turbamento per l'avvenire. Anzi riguardando que' suoi campicelli ove avea pensato che il suo figliuolo e la sua discendenza sarebbero vissuti lieti ed in pace, lo vinceva una tenerezza melanconica e lagrimosa. – poveri i miei campi – pensava – che io ho avuto da mio padre, chi vi possederà dopo di me? e il mio figliuolo dove andrà, come vivrà e qual sorte lo attende? –

Certo Don Leonzio lo poteva confortare, ma questi avea certi suoi ragionamenti troppo sottili per la sua intelligenza; e, quel che è più, ne le sue parole vibrava un'acredine così piena di ribellione e di odio, una tristezza così disperata d'ogni bene, che quel prete quasi gli faceva paura; – però che – pensava G. Giacomo – per quanto grandi siano le tribolazioni di questa età fuggitiva, esse non possono interamente affliggere l'uomo giusto, il quale ad altra più vera vita volge il desiderio, e in essa l'anima si riposa. –

Eppure era cosa triste vivere così; non per sè, chè poco gli rimaneva di vita, ma pensava al suo figliuolo, caro più che la luce de le sue pupille. Egli avrebbe dovuto percorrere tutto il suo corso sino a la morte e generare figliuoli a la sua volta. Ed egli ed i figliuoli dove e come sarebbero vissuti?

Vero è che la parola di Cristo lo sovveniva anche in questo suo dolore, quando dice per bocca del suo apostolo: – E chiunque avrà abbandonato la casa, i fratelli o le sorelle o il padre o la madre o la moglie o i figliuoli o i poderi per amor del mio nome, riceverà il centuplo e possederà la vita eterna.

Ma G. Giacomo non era un teologo nè un asceta, ma soltanto un uomo semplice e buono.

***

La sua città avea mutato faccia in pochi anni: tutto era stato intonacato e imbiancato.

Anche le metope dei Cesari, ne l'arco romano, non erano sfuggite a quel bucato plebeo.

Il palazzone del Comune e gli altri uffici erano pieni di scribi, segretari, cursori, impiegati d'ogni sorta. I soldati facevano risonare gaiamente le sciabole su l'acciottolato de le vie e ridevano a le fanciulle. I caffè stavano aperti sin dopo la mezzanotte – pieni di luce e di risa; e lungo il corso v'erano molte botteghe nuove, con le vetrine lucide di vernice e rifornite di stoffe e di molte altre vistose mercanzie.

Le vecchie mura di cinta, da cui moveva un tempo come un'aura incresciosa di morte, erano state in varii punti abbattute e per quella breccia irrompeva la macchina a vapore stridendo e fischiando e quasi parea irridere a quelle impotenti mine: i fili del telegrafo vi passavano in alto; e, smarrendosi a gran festoni nel confine del cielo, si congiungevano a lontani centri di moderna operosità.

Per quella breccia, come da una diga franata, invase e dilagò il torrente de le idee le quali tutte sembravano vere perchè erano nuove. Era per le vie un affollarsi di giovani che discorrevano di politica, di elezioni, di filosofia, di mirabili conquiste ne l'avvenire.

Gli studenti vi portavano da la città capitale tanto la notizia de l'ultima scoperta scientifica come l'esemplare de la più perfetta moda ne le cravatte e nel taglio de l'abito, a gran confusione dei vecchi e de gli uomini semplici.

Anche ne le campagne la vita di un tempo si era sensibilmente mutata in breve volgere d'anni: la terra era suddivisa in poderi più o meno piccoli appartenenti a diversi padroni, così che pochi erano quelli che non avessero avuto da far bollire la pentola del proprio; ed in ognuna di quelle possessioni era una casetta rustica ed in molte una piccola villa.

I contadini poi, ancora che, per la più parte, non fossero i legittimi proprietari del terreno, tuttavia vivendo su di esso ed in quelle case da molte generazioni, con grande famiglia lieta di figliolanza, di vecchi e di spose, avevano acquistato come un diritto di abitare su que' campi e di coltivarli: diritto reso forte da l'uso, da l'affetto ai luoghi, da benevole dimestichezza con la famiglia dei padroni. I quali sovente partecipavano ai lavori de la terra, dirigendo e consigliando le opere e vivendo in campagna essi pure i buoni mesi de l'anno. Così che in verità quelli erano liberi lavoratori e contadini felici, secondo il loro stato, in quanto che partecipavano per la metà di ogni raccolto; e soprattutto perchè de la villa godevano l'uso giornaliero, come fosse di loro, i benefici de l'abitazione, la lietezza di una vita operosa, ma indipendente e sicura de l'indomani per sè e per la famiglia.

Ora quest'ordinamento buono dei campi già cominciava a vacillare e a scomporsi.

Molti che erano possessori di poca terra, si erano, a poco a poco, dati a vita più larga e spendereccia: i figliuoli a le scuole, le ragazze ben vestite, secondo che porta il costume, la casa rifornita di tutti quegli agi che per la universalità de gli uomini non è possibile conoscere senza sentirne il bisogno. Di che, oppressi da le imposte e dai debiti contratti con leggerezza pari a la ingannevole facilità del credito, aveano dovuto vendere il loro poco avere e cercare per sè e più per i figliuoli uffici che permettessero di vivere senza dipartirsi da le contratte abitudini. Quei piccoli fondi furono congiunti in proprietà o tenute maggiori, molte case abbattute, molte famiglie di contadini licenziate da quei terreni ove da anni dimoravano e attendevano a le loro opere serene.

La coltivazione stessa era stata mutata per modo da richiedere minor numero di lavoratori; i quali erano presi a mercede giornaliera e licenziati a lavoro finito. Il braccio di ferro de la macchina suppliva a molte braccia di carne. Non pochi emigravano, consolandosi con un vecchio proverbio: Bella l'Italia, bella la Spagna, più bello il paese dove si magna. – Ma i più, lusingati da la speranza di maggiori guadagni o tratti da la bufera di questa nostra età, si partivano da le native campagne, e col fagotto a l'estremità del bastone, in grandi compagnie si riducevano ne le grandi metropoli, ove i nuovi opifici e le fabbriche promettevano lavoro per tutti e larga mercede.

Di tutto questo G. Giacomo non si rendeva esatto conto; ma un perturbamento universale, un agitarsi di persone e di cose lo facevano chiaro che una grande novità si operava dovunque e i campi stessi ne risentivano il consenso e l'influsso: era come un derivare a spiagge ignote, un movimento lento ma sicuro e misterioso che nè egli nè altri avrebbero potuto arrestare e dal quale si sentiva invincibilmente trascinato.

***

Il dottor Lorenzo gli parlava di continuo del suo Giorgio che era ritornato in patria e trionfava proprio davvero; stampava opuscoli, scriveva ne le grandi riviste scientifiche, presiedeva società e comizi: gliene avrebbe prestata la raccolta di quei giornali, tanto perchè il buon uomo si fosse fatto un concetto dei nuovi tempi, per Dio!

Invece il figliuolo di G. Giacomo ritornava quasi ogni giorno, a mezzodì, da la sua scuola del seminario, sul suo baroccino, col suo somarello a cui voleva un gran bene, e i suoi libri, legati con una cordicella. Aveva oramai vent'anni ed era un giovanotto gagliardo e docile che raccontava meravigliato al babbo ed a la mamma tutte le cose nuove che vedeva in città e faceva quei vecchi compiti, tolti da la storia romana e da le vite di Plutarco con un entusiasmo come si fosse trattato di cosa viva e di grande importanza.

Gian Giacomo, in quella gran solitudine de lo spirito si confortava pregando i suoi vecchi santi e la Madonna, tutta luminosa e lagrimosa, fra i fiori di garofani e di viole. Ella, la cara madre di Dio, avrebbe dato a gli uomini buoni vero conforto dopo queste prove di tribolazioni.

***

Mentre egli viveva in queste tristezze, gli intervenne un caso nuovo ed inaspettato che fu cagione di un lungo viaggio in una grande città capitale. Perchè un bel giorno giunse al suo recapito un plico che veniva da lontano; ed egli non ne conosceva la scrittura e molto meno poteva imaginare chi da quella città gli scrivesse e perchè. Aprì la busta e vide che conteneva alcuni documenti ed una lunga lettera di un notaio il quale – brevemente – gli annunciava come, essendo colà morto un certo signore assai facoltoso, senza famiglia e senza nominare eredi, fatte le debite ricerche dei più prossimi congiunti, egli, G. Giacomo, riusciva cugino in secondo grado e però era chiamato a partecipare de la eredità.

Pregavalo vivamente a venire subito per approvare la sua opera, fare quelle eccezioni che stimasse del caso e, infine, dividersi con gli eredi il patrimonio.

48

Questa nuova, che in altri tempi lo avrebbe lasciato indifferente, fu allora occasione di vera allegrezza. Gli venne infatti a mente di un ramo de la famiglia di sua madre, che si era stabilito in quella città al tempo del primo impero, e si risovvenne di quel suo cugino che era ricchissimo, almeno a quello che se ne diceva, perchè mai lo avea veduto nè conosciuto.

Molti, è vero, a detta del notaio erano gli eredi; tuttavia fatto il computo e depurato ogni debito e spesa, una ventina di mille lire gli sarebbero pur toccate di sua parte.

Rispose, avvisò del suo arrivo e si apparecchiò per il viaggio. Un'abbandonata sacca da viaggio fu riempita con ogni studio del bisognevole, e una mattina serena de gli ultimi di ottobre, indossato un vecchio soprabito nero che era quello de le nozze, baciò e abbracciò la moglie; e, montato sul baroccino, s'avviò a la stazione de la città. Lo accompagnava il figliuolo che guidava l'asinello e stava tutto muto e triste per la partenza del babbo. L'asinello trottava lesto su la via bianca a la prima luce del giorno; i campi erano deserti: gli alberi spogli oramai di frondi, le siepi brinate ruggivano in silenzio. Si attraversò la città ancora addormentata e furono giunti a la stazione.


## CAPITOLO VIII

Quando vide passare presso di sè quella enorme macchina, corrusca di fuliggine, di scintille e di ottoni, che trascinavasi dietro il profumo dei campi e dei monti attraversati la notte, provò un sussulto al cuore e come un fremito di cosa nuova e paurosa: quel mostro, opera de l'uomo, gli sembrava aver forza propria e nemica; come il demone de la favola che il boscaiuolo invocò ne la sua ignoranza e poi vorrebbe mandar via perchè lo spaventa e gli ha tolto ogni pace. Ma quegli risponde: – Tu mi hai voluto, tu mi hai concepito e chiamato! –

La macchina s'era fermata, ma non cessava per anche di fremere d'un rombo sordo e impaziente che pareva dire: – Affrettatevi, affrettatevi! –

Una guardia gli prese la tessera, la forò; gli aperse lo sportello d'una carrozza e ve lo ribattè con violenza; e il buon uomo ebbe appena tempo di salutare il figliuolo, che il treno si era mosso con aneliti e fremiti: poi leggero, sonante, rapidissimo fuggiva divorando il piano – fuggiva con gran disprezzo del sole che lento, immenso s'alzava nel cielo, laggiù dietro i campi brinati.

Già radeva la campagna in piena corsa, quando potè G. Giacomo ravvisare i suoi compagni di viaggio: gente sonnolenta, vestita di strane fogge, che dopo la sosta a la stazione, si erano di nuovo rincantucciati e distesi sotto le grosse loro coperte, come incresciosi de la luce viva del giorno.

Si pose a sedere compostamente in un angolo e guardava i lunghi filari de le viti e dei pioppi che, segnando grandi rettangoli del terreno arato per la seminagione, gli giravano in semicerchio vorticosamente e scomparivano.

In fondo si perdevano in una tinta azzurra i colli e le montagne del suo dolce paese; davanti si stendevano terre di un'Italia per lui inesplorata.

Quella macchina che si sentiva ansimare col suo convoglio nero e breve, rimbombava fuggendo dinanzi a le stazioni dei piccoli villaggi e de le borgate, attraversava rotaie con fragore violento e sicuro, si lasciava dietro di sè lunghi traini di merci e gli occhi spalancati dei buoi, sporgenti il muso e le corna fuori de gli sporti de' carrozzoni ove erano stivati. Bombava sui ponti, sibilava strisciando in vicinanza de le stazioni maggiori e vi si arrestava per pochi minuti, come sdegnosa e impaziente di proseguire la sua corsa.

Il nuovo viaggiatore si sentiva, a poco a poco, i pensieri confondersi in un vago assonnamento e come vinto dal piacere di essere trasportato a furia per lande, su per erte, giù per declivi tortuosi, o entro gallerie cupe e sonanti.

Passò la mattina, il meriggio breve: il sole piegava verso occidente.

Gente nuova montò: parlavano nuovi dialetti e que' suoni gli facevano venire in mente il suo paese con gran desiderio.

Verso le tre, l'aria si fece pungente ed il sole, sino allora luminoso, cominciò a disparire dietro una cortina di nebbie dense: ma la macchina che s'intravedeva ne le curve, rompeva quelle caligini e vi s'immergeva furente.

Attraverso le brume crescenti appariva un paesaggio nuovo ed una campagna coltivata in modo strano: non filari di viti, non colline in lontananza, non olivi cinerei e sacri; ma una pianura uniforme si stendeva a perdita d'occhio e scompariva ne le nebbie. Ogni tanto boscaglie, fiumi d'acqua verdastra e cupa, praterie, su cui filari di giunchi e di pioppi contorti e nani disegnavano figure geometriche smisurate e monotone. Il treno valicava le pianure, echeggiava su i ponti di ferro sospesi su quelle fiumane, faceva tremare le immote frondi dei pini de le boscaglie vicine.

Ogni rumore del giorno era cessato, e per quelle lande si sentiva quasi crescere il silenzio, perchè più fragoroso e monotono era il rombo del treno. Non parea che s'avvicinasse a la città, ma che si sprofondasse entro le tenebre verso spiagge ignote.

– A quest'ora a casa mia diranno le preghiere de la sera! – pensò G. Giacomo; e la sua anima si restrinse in un desiderio mite e lagrimoso del suo seggiolone, ne la sua stanza, fra la sua famigliuola. Le tenebre montano, ma il lumicino de la Madonna arde come un faro e la buona Madre sorride più dolce in quel raccoglimento silenzioso de la sera.

***

Da qualche ora il treno correva ne le tenebre, quando un lontano chiarore nel cielo, poi un attraversar ripetuto di rotaie, un sibilo continuato e lamentoso annunziarono l'avvicinarsi de la città immensa. Allora fu ne lo scompartimento un destarsi di sonnolenti, quasi increscioso. Era pur dolce cosa l'essere trascinati così attraverso tutta la notte, lasciare che la macchina seguisse la sua via e dormire intanto, o almeno stare lì assopiti, ritardando l'ora dei nuovi dolori e de le nuove fatiche! Giù le valigie da le reticelle, addosso i pastrani e gli scialli!

Uno scotimento improvviso di piattaforme stridenti a l'urto del treno, un rimbombo sotto una galleria di vetri, in mezzo a una luce scialba che toglieva la vista; e il convoglio s'arrestò quasi di colpo. Si era giunti.

G. Giacomo scese. La macchina era lì a pochi metri davanti, ansimante, fumida di fuliggine, sempre pronta a ripigliare la sua corsa.

La folla dei viaggiatori lo travolse ne la discesa dai vagoni, nel marciapiede d'asfalto sino a la sala d'uscita.

Si trovò sotto una grande tettoia, dinanzi ad uno spiazzale, su cui batteva la stessa luce bianca da certi globi immoti in alto, lontani, fra la nebbia. Una fila di omnibus, un incrociarsi di grida aspre dei famigli de gli alberghi, più lungi un'altra fila di carrozzelle coi lumini fiochi, i cavalli curvi, i cocchieri fermi a cassetta: si riempivano di quella fiumana di gente e via di galoppo.

Montò in un omnibus, vi si rassettò in un angolo, e poi si partì con gran fragore su l'acciottolato.

Passavano palazzi superbi, alti di cinque o sei piani, vie ampie, mirabili: e ogni tanto bagliori di quella luce bianca e viva così che si vedeva cadere giù di traverso la nebbia, sottile e continua: su i marciapiedi un luccicare abbagliante di vetrine, due file nere e confuse di gente; accanto, un roteare di carri, un balenare di cocchi gentilizi, un inseguirsi di carrozzelle: uomini, veicoli, tutti in fuga, curvi, sotto le ondate de la nebbia gelida e de la luce gelida.

L'omnibus si fermò davanti ad un albergo. Una porta a vetri, un grosso tappeto per terra, un cameriere in abito nero che gli toglie la valigia e l'accompagna da un signore che sta in un gabbiotto di cristalli a viva luce, davanti uno sportello.

Detto nome e cognome, segue il cameriere su per una scala di marmo bianco, il tappeto rosso, le pareti scialbe: da per tutto manifesti, orari, quadri di fotografie, tabelloni con chiavi, tessere, numeri. Si attraversa un corridoio — una camera è aperta. Il cameriere accende due candele, domanda se il signore

51

ha bisogno di qualche cosa e, avutane risposta che no, augura la buona notte e se ne va.

Era un albergo signorile e la camera non poteva essere migliore – non diceva nulla assolutamente. Molte stanze d'alloggio per lo meno ragionano a la fantasia con quel po' di sudiciume che i viaggiatori precedenti vi hanno lasciato: spalliere di poltrone unte e consunte, mozziconi di zigari, qualche pettine o giornale dimenticato nel comodino, ed altre piccole miserie de la nostra immondizia. Quella invece era assolutamente pulita; le poltrone e le sedie coperte di mussola candida, il lavamano di marmo, il letto alto, bene imbottito, le lenzuola fresche, il bottone elettrico, il soppedaneo largo, denso. Però tutti quei mobili parevano arcigni e seccati di dovere servire quell'ospite esotico e mandavano un lezzo di vernice e di roba nuova.

G. Giacomo levò da la sacca un mezzo pollo che gli era rimasto de la colezione fatta in treno, una bottiglia di vino, un po' del suo pane e si mise a mangiare: gli piaceva mangiare di quella roba sua. Il pollo era stato cotto la sera prima de la partenza da la sua buona vecchia; avea cotto anche quattro uova, poi aveva tutto avvoltolato ben bene ne la carta e legato il cartoccio con lo spago; e anche v'era un cartoccino col sale e un piccolo bicchiere. Mangiò lentamente pensando, e nel pensare si commoveva: il rumore de la via giungeva confuso, soffocato dai cortinaggi grevi de la finestra; le due candele bruciavano sopra il comò di marmo; gli origlieri del letto formavano una pila incomoda a quell'ospite melanconico.

***

L'indomani dopo mezzodì andò dal notaio. O povero studio del suo povero babbo, come ci avrebbe sfigurato al paragone! E gli veniva a mente quella stanza a pian terreno, laggiù ne la sua casa deserta, con que' scaffali di legno greggio, rosi dai tarli, il seggiolone di cuoio dove il vecchio era morto. Lì invece era un luccicare di mobili fini, bei scaffali di noce, tavoli foggiati ad arte, tappeti, scrivani molti.

Evidentemente era aspettato, che, appena detto il nome, fu introdotto. Il notaio, uomo ancor giovane, fine ne la parola, nel vestire, nel gesto, lo accolse con molta affabilità. Certo in quell'ora era oppresso da affari; pure disse aver modo di conferire col nuovo cliente; e ciò fu per più tempo che non avesse imaginato, però che G. Giacomo, per quel po' di esperienza che aveva fatto col babbo, volle di molte cose sincerarsi; e, benchè ne la voce del notaio sentisse già fremere qualche nota d'impazienza, pure ebbe forza di resistere, e volle vedere documenti e di molte questioni avere chiara risposta. In verità era giunto assai inopportuno quel provinciale, e il notaio si domandò poi perchè non gli venne di dirgli così press 'a poco:

52

– Veda, caro signore, oltre a' suoi affari, ho anche quelli de gli altri: venga in altra ora, domani; oggi non ho tempo. –

Ma il vecchio ragionava con parole così pacate, senza timidezza nè presunzione, con così schietta urbanità, come uomo parla ad uomo, che quel degno signore lo stette ad ascoltare mal suo grado, come colui che era abituato a ben diverso genere di favellare e di porgere.

Inoltre e ne le frasi e ne lo sguardo e nel muoversi era quel non so che di umano che s'impone per dignità, sopravanza al mutarsi dei costumi e farebbe sì che uomini anche di diversi tempi e di lontane nazioni bene si potrebbero intendere fra loro.

Il notaio ne fu vinto e lo fornì di tutti quegli schiarimenti che furono chiesti. Le cose, d'altra parte, erano a buon punto e più liquide che non accada in simili affari di eredità: poche pratiche ancora da sbrigare, due o tre sedute con gli eredi, insomma una settimana di tempo a far molto. E come lo vide alzarsi dal seggiolone e avviarsi verso la porta, lo accomiatò con bel modo; e, come seppe che era nuovo de la città e solo, così gli diè il recapito d'un albergo ove egli soleva recarsi per l'asciolvere: gli avrebbe tenuto compagnia e, se il tempo lo avesse concesso, pur gli avrebbe fatto un po' da cicerone per la città.

***

Il vecchio uscì e si trovò impigliato in una grande via, in mezzo a molta gente, che era l'ora vagabonda del vermouth e de l'assenzio!

Quel morente sole d'autunno rinfrangeva i vividi raggi su le guglie, su le cupole, su le grandi vetrine e chiamava a passeggiare una folla compatta di gentiluomini e di dame. Andavano lentamente come chi adempie a solenne funzione de la vita.

L'acciottolato scintillava sotto la zampa di cavalli frementi, guidati da cocchieri gravi ed eccelsi. Seguivano carrozze sospese a grandi cinghie, lucide di argenti e di raso; e fuori sporgevano mani di microscopica finezza, volti di donna, pallidi come perla, con occhi grandi, capelli, o fulvi come bronzo o neri come ala di corvo. E innanzi a lui e ai fianchi e dietro fluiva un'interminabile fiumana di gente elegante: uomini con pastrani di fogge peregrine, cappelli a tuba, baffi irti, cravatte e goletti smisurati: framezzo donne che vibravano da tutta la persona profumi ebbri di sensualità.

Vestivano tutte press'a poco ad una maniera in quella loro abituale manifestazione de la moda trionfante: abiti da passeggio corretti, piedi esili, calzati ne le scarpine di capretto lucido, la caviglia ben lineata da la calza di seta nera, cui una freccia d'oro tagliava: sotto, la sottana incontaminata e mirabile di pieghe e di merletti; sopra, la veste guarnita con parsimonia e ben

53

dipinta a la vita; il boa, il cappellino chiuso, le mani serrate entro guanti di camoscio, l'una entro il manicotto, l'altra a rialzarsi la veste.

G. Giacomo non distinse la gentildonna da la cortigiana; ma quella pompa di donne andanti gli s'impresse tristamente a la fantasia come una mostra di carni lussuriose, di forme opime, snaturate e rilevate sotto la pudicizia di quell'andar grave e di quegli esotici indumenti.

E poi tutta quella gente avea per G. Giacomo l'aspetto d'un non so che d'automatico e d'innaturale: andavano a spasso e non ridevano; e di quel loro gestire forzato, strano; di quelle vesti in cui erano come costretti e rigidi, parevano, a vedere, assai superbi e soddisfatti. Se egli, pensava, avesse parlato loro, non sarebbe stato inteso, nè eglino lo avrebbero inteso. In verità non avrebbe mutato la sua vita col più ricco e col più felice di quanti erano in quella folla, e l'opprimeva un bisogno di libertà come di levarsi da quella calca, di sorgere dal fondo di quelle vie per quanto magnifiche e dove coloro pareano vivere così bene.

***

Imbruniva: ed allora in alto lo sorprese un balenare di lampo, poi i globi de la luce elettrica si accesero diffondendo raggi come di luna. Allora si mosse in cerca d'un albergo dove cenare; ed era sì confuso e smarrito che imboccò nel primo che gli si parò dinanzi.

Era una sala grande, con vetriate altissime, lievemente appannate. Colonne di marmo reggevano il soffitto tutto a stucchi e a dorature. Alcune pareti erano coperte da specchiere che rinfrangevano lo scintillare dei lampadari, del vasellame, de le tovaglie: in uno di quelli specchi vide avanzare timidamente la sua povera figura di vecchio; ma un cameriere fu lesto a levarlo da l'imbarazzo.

Gli tolse il pastrano, gli porse una seggiola presso un tavolino appartato, e postogli innanzi un cumulo di stoviglie, cominciò con rapidità e con fare imperterrito a sfilare una lista di vivande dai nomi più eterocliti che egli avesse udito mai.

G. Giacomo, levando l'occhio in su, oltrepassò lo sparato abbagliante di colui, fissò per un momento quel viso scialbo, e accennando con la mano di cessare, disse: – Mi porti semplicemente una zuppa ed un po' di bollito.–

Venne poi un altro cameriere arrecando una bottiglia; l'avvolse in una tovagliuola, la stappò, ne forbì l'orlo e con molta gravità ne versava il liquore entro una coppa, sottile come velo di cipolla. Poi venne la zuppa in una terrina d'argento, fumante ed odorosa.

54

Egli avrebbe desiderato un semplice brodo, di quello che maturava per lunghe ore nel bel pentolone di coccio presso i ceppi candenti: bel brodo limpido e pieno di stelle. Quella invece era una mistura di un liquido denso e scuro, pieno di vari ingredienti. Ad ogni modo era buona al palato, ancor che non avvezzo a simili salse, ed il vino si lasciava bere; ma non era il suo vino, che profumava di tralcio e di vendemmia.

Quei primi bocconi ingollati, che avea fame, quel tepore denso che lo ravvolgeva, lo ebbero alquanto confortato e volse l'occhio a l'intorno. Che melanconici commensali! Sedevano impettiti, toccavano appena le vivande con la punta de la forchetta e del coltello; gesti e parole parche e misurate.

Anche qui, pensava, gente che mangia e che non ride; e gli veniva a mente la sua tavola a casa sua: le stoviglie capaci, le posate col manico di corno, il pane ferrigno ma saporoso, i bei pollastri a lo spiedo, aulenti di rosmarino, la minestra semplice e molta. Il gatto attendeva immoto, il cane da l'altro lato sbadigliava ingordo. Egli impartiva la benedizione, poi si sedevano e si mangiava ridendo e conversando. Lì invece tutti stavano gravi; e nel trinciar le vivande e ne l'usar le stoviglie adempivano moti così compassati che per lui sarebbe stato un supplizio doversi cibare a quel modo. E poi pensava: perchè manipolare le vivande con tante salse e in tante forme? come può fare buon prò un simile mangiare? Forse è per questo che hanno quelle facce pallide e sdegnose.

Quando uscì, la folla turbinava più che mai. Incerto del luogo, montò su d'una vettura e si fece condurre a l'albergo dove avea posato la sua valigia. La carrozza si mosse rapida, svoltò, attraversò un dedalo di vie con gran fragore di ruote.

Vedeva i palazzi elevarsi altissimi, con terrazze sorrette da cariatidi sporgenti fuor de le tenebre ed appena segnato il profilo grottesco da la luce dei fanali. In alto, in una sottile striscia di cielo, pendeva la luna. Ma chi la guardava la bella luna che addormenta le biade e fa i grilli cantare?

Quando fu nel letto e si riebbe dal primo gelo de le coperte umidicce, incrociò le mani sul petto e pregò Dio che lo facesse ritornare a casa sua. Un senso di sgomento l'opprimeva, pensando di trovarsi solo ed ignoto in quella metropoli; e quella gente gli pareva d'altra umanità, d'altra fede, di altri tempi. Cento e cento miglia lontano esisteva ancora la sua villetta fra i vigneti e le biade? Quasi gli pareva d'esser stato trasportato in un paese fuori de la terra! Finalmente il sonno fece cadere su le palpebre del vecchio la sua polvere d'oro e lo addormentò placidamente.

***

Il signor notaio fu una cara e gentil persona, che, oltre al suo tempo prezioso impiegato a definire presto gli affari de la eredità di G. Giacomo, gli tenne compagnia quasi due ore al giorno, a l'albergo indicato, dopo mezzodì, appunto come avea promesso. Mangiava copiosamente e lautamente e si compiaceva di ordinare quelle vivande e quei vini che maggiormente eccitavano le osservazioni del suo modesto compagno. Il quale lo interrompeva sovente, dicendo: – Ma perchè, signore, tutti quegli intingoli? ma mangi meno in fretta! È forse perchè è sempre agitato? Creda, a la mia età non ci arriva certo! – e simiglianti parole.

Non era privo d'ingegno il signor notaio, ma un ingegno di tal natura che non eccede in dolorose solitudini, ma sa più forse per istinto che per raziocinio, adattarsi ai tempi ed a le circostanze, cercando anzi il modo di volgerle a suo profitto: nè credente ne scettico, prendeva allegramente la vita; e allora si divertiva ad intessere con fare scherzoso o paradossale, la cronaca de la città, perchè ora lo stupore, ora lo sdegno, ora la pietà si dipingevano con sì viva sollecitudine sul volto del vecchio che era un piacere il proseguire.

***

Un giorno G. Giacomo pregò assai vivamente il suo nuovo commensale perchè facesse presto a sbrigargli i suoi affari, che più non si poteva trovare in fondo di quelle vie lunghe che sembrano senz'uscita, con quelle case enormi di sette od otto piani, dove la gente deve vivere senz'aria nè sole. Ci voleva uscire da quella prigione. Ma ciò che sopra tutto lo turbava e lo meravigliava era l'incessante andare de la gente, l'agitazione turbinosa di quella vita.

– Io mi sono domandato – diceva – come fanno ad avere il cuore, lo stomaco e il cervello sani, e mi sono risposto che il corpo si può abituare ad un regime di vita contro natura. Mitridate (se ha letto la storia lo deve sapere) s'era usato ai veleni. Poi mi sono domandato come fanno ad essere felici, perchè a vederli in faccia sembrano assai soddisfatti del fatto loro, padroni e servi; così dico seguendo una vecchia divisione de la società, sebbene qui non appaia, giacchè vestono tutti ad un modo e vanno tutti con egual furia. Sarà questione d'uso, mi sono detto, che io certo mi troverei infelicissimo se dovessi condurre quel genere di vita.

Ma quello che proprio non arrivo ad intendere è come mai un'idea riposata e serena di famiglia, di bontà, di sapienza si possa posare e possa germogliare in mezzo a così strana agitazione; e poi mi son chiesto: a quale fine quest'immenso lavoro? perchè tutta questa gente si ammazza per vivere? forse che attraverso il sereno azzurro del cielo esiste un ponte che conduca ad un mondo più felice e più bello di questo? In verità non ho trovato risposta. –

– Ma lei si meraviglia? ma lei ha torto – rispose il notaio. – Ella si trova specialmente nel bel mezzo di una battaglia, ecco tutto; ma la vita non fu

56

sempre una guerra?

Un tempo si combatteva in campo; e più erano forti le nazioni più avevano onore: gli uomini vestivano di ferro ed erano pronti a menar le mani ogni ora e ogni giorno. Ora il sentimento di questa forma barbarica di guerra va decadendo da gli animi; ed ella vede che gli eserciti che sono in piedi per tutti i quartieri d'Europa, da lungo tempo fanno la parte di comparsa; va decadendo appunto perchè un secondo genere di guerra assorbe tutte le energie e s'impadronisce de le coscienze. Ma la guerra sussiste lo stesso: non si veste più di ferro, ma di stoffe inglesi; le armi non sono più quelle di prima, ma il combattimento rimane. Il campo si è esteso a tutto il mondo. Ma i grandi centri sono appunto quelli dove la battaglia si manifesta in modo più visibile e violento. Non se ne accorge come tutti vi accorrano da ogni parte? È come un istinto; non altrimenti che i cavalieri sono trascinati al luogo da cui si ode lo schianto dei cannoni, e si vede il fumo de la polvere. Il telegrafo, il giornale, il libro, la tribuna, le linee ferroviarie ne sono i mezzi; si combatte con le industrie, con le operazioni finanziarie, con i commerci, con le invenzioni meccaniche e scientifiche, per un'idea o politica o sociale, per il trionfo di una classe su un'altra, infine per tutto quello che vuole, anche per combattere la guerra, ed i forti sono sempre quelli che hanno ragione.

Non si bivacca nè si dorme più sotto la tenda; ma ogni mattina capitani e gregari, levandosi dai loro letti, sono al posto di combattimento; e se non si sparge sangue, ciò non toglie che vi siano lo stesso vincitori e vinti, feriti e morti. È questo forse un buon motivo di commuoversi o di affliggersi come ella fa?

Sono i vincitori che contano, vincano a torto o a ragione. G. Cesare che a Farsalo ordina di menare in faccia ai gentiluomini di Pompeo, non è un buon cavaliere, ma è sempre G. Cesare: il finanziere che ha accumulato dei milioni, anche passando per i tribunali, è sempre una persona molto rispettabile. Solo i vinti non hanno mai formato la storia. –

– Ma lei – rispose il vecchio – pare che disapprovando la prima forma di guerra, approvi la seconda, e qui le sue arguzie cadono ne l'illogico: a me invece, se sembra barbara l'una, nemmeno l'altra mi appare meno crudele e dolorosa. Io sono partigiano de la pace, non solo contro i cannoni, ma anche contro questa morbosa agitazione de gli animi e de le cose, di cui ella pare gloriarsi. –

– Ma niente affattissimo – replicò ridendo il notaio – io non mi glorio, io accetto semplicemente la battaglia quale essa è, e non giudico se essa sia buona o cattiva: io sono figlio del mio tempo, e non sono nè un sognatore del passato nè un utopista de l'avvenire, e nemmeno un filosofo: categorie di persone sventurate. Ma dica un po': se ella fosse vissuto nel medio evo e avesse avuto un figliuolo, io scommetto che lo avrebbe educato ad essere un gagliardo e prode cavaliere; e, avendo un figlio oggi, ne vorrà certo fare un uomo moderno, capace di conoscere e di destreggiarsi in questa nuova forma di guerra, il cui servizio è obbligatorio ed a la quale non si può esimersi come a l'antica, indossando la cocolla, e che certo richiede una perizia ben maggiore. –

A questo punto il notaio vide con meraviglia che il volto di G. Giacomo si era fatto scuro e doloroso. Gli era venuto a mente il suo figliuolo, null'altro che semplice e buon coltivatore di campi, che pregava la Madonna e si commoveva leggendo le storie antiche di Furio Camillo e di M. Attilio Regolo.

E poi un'imagine gli s'affacciava al pensiero doloroso: ecco; li aveva visti ieri, giorno di festa, e con lo sguardo e con l'animo intento li avea seguiti tra la folla.

Lui, un giovane emaciato e scarno, con un pastrano stinto ma pulito, le grosse scarpe lucide, la cravatta di raso verde, i guanti, il cappello quasi a la moda: portava in braccio un bambino pallido pallido: lo accompagnava una donna che il fiore de la giovinezza più non serbava se non nel numero de gli anni che pochi dovevano essere. Pure nel vestire era anche in lei la pretesa d'una certa eleganza, tanto da non stonare in mezzo a la gente. Ella avea per mano un bambino. Entrarono da un pasticcere e comperarono alcuni dolci, di quelli vistosi e colorati a varie tinte: poi svoltarono in un vicolo stretto, entrarono ne la porta di un gran casamento tetro e scomparvero in un andito umido e buio.

Ecco una famigliuola felice, non è vero? Lui (e l'arguirlo era facile) ha il suo impiego, la sua paga sicura, la sua casa, i suoi figliuoli. Il riposo domenicale concede a loro di fare la passeggiata con gli abiti da festa.

Hanno comperato i loro dolci; domani lui riprenderà il suo lavoro sempre uguale, sempre al medesimo tavolo o al medesimo finestrino d'ufficio. Libero cittadino, con tutti i diritti civili e politici, che cosa poteva domandare di più? La società gli assicura anche la pensione, e dà ai figliuoli l'istruzione gratuita, per potere avere un impiego uguale al padre o migliore se è possibile; se poi possiede una polizza d'assicurazione, può dormire fra due guanciali. Perchè dunque a G. Giacomo gli si strinse il cuore? Avrebbe voluto trasportare quella donna scarna, quei bimbi pallidi ne' suoi liberi campi al lavoro sereno sotto il sole, ne la casa piccina dove le rondini appendono il nido a le gronde e i veroni fioriscono di garofani? Sì certo, e come – pensava – rifiorirebbero anch'essi, quei volti pallidi di bimbi!

Quell'imagine di quella famigliuola gli ritornò al pensiero per le parole del notaio. Forse il suo figliuolo, chi lo sa! forse i figli del suo figlio un tempo rapiti da la ruina di questa nuova età, avrebbero dovuto emigrare da le loro terre; e lui, rivivendo dopo molti anni, li avrebbe trovati così come quella famiglia.

Disse infine il vecchio: – Ma così voi volete vivere in un perpetuo combattimento! e dire che con tutti i mezzi di cui la civiltà oggi dispone (bisogna riconoscerlo) si potrebbero ridurre tutti gli uomini ad una vita virtuosa, lieta e soprattutto in pace.

– Questa, di fatto, caro signore, è la bandiera che si fa sempre portare avanti dal vessillifero per incoraggiare l'esercito dei combattenti e farseli sottomessi; ma nel fatto è una meta assurda. –

– Però lo scopo de la vita è di raggiungere il bene e la pace! Lo dice anche Aristotele nel principio de la sua etica. –

– Ecco l'errore: quello è lo scopo apparente; ma lo scopo vero de la vita è la lotta stessa: la battaglia per la battaglia come l'arte per l'arte; e la storia è lì per provare a chi sa leggere questo dogma – il solo che sia vero.

Sapere poi secondo i tempi e le idee indovinare il genere, il punto, il modo di combattimento, costituisce quella dote di genio che fa sì che l'umile gregario esca da le file e si metta il berretto di generale ed abbia gli onori del trionfo. –

E così detto il notaio se ne andò perchè avea fatto un po' tardi, lasciando il vecchio assai confuso e melanconico.

***

E fu un altro giorno dopo colezione – la quale era stata succolenta, e le bottiglie erano state sparecchiate con una frequenza poco dicevole a la gravità del notariato – che, presa occasione da una superba carrozza che trascinava un più superbo signore, cominciò il notaio a tessere la storia de le molte persone che, da sconosciute e povere che erano, avevano saputo raggiungere i più alti gradi de la società.

Lo stupore, ma più spesso l'indignazione di G. Giacomo, svegliavano in lui la più lepida parlantina che fosse mai, e diceva tra le altre cose:

– Chi sono essi? da dove vengono? Nessuno se ne cura più di saperlo, tanto più che il rimproverare il passato è un arma spuntata, e il presente lo scancella: ma da alcuni si ricorda che il vagone di terza classe li aveva sbarcati, pochi anni fa col fagotto su le spalle e le scarpe tenute su con la corda; ma ciò non torna che a loro merito.

Oggi tutte le case aristocratiche sono loro aperte, anzi sono essi che aprono le proprie a la vecchia nobiltà in miseria. Ma la nostra è un'età democratica!

59

Vede il tale che passa ora? – e indicò un elegante signore, molto tronfio e sdegnoso – quegli è riuscito con la politica: ha avuto del genio. Dieci anni or sono era un miserabile giornalista, oggi è deputato, domani, forse, ministro: uno dei capi saldi de la società.

L'altro che ci pranza da presso è uno dei principali editori, ricco a milioni. Le assicuro che di arte ce ne intendiamo di più io e lei; eppure quegli è colui che fa il buono e il cattivo tempo, lancia le celebrità nel pubblico, inalza ed abbatte secondo che gli talenta. –

– Ma il merito, signor mio, dove se ne va? –

– Il merito?... ma il merito è la riuscita. Venir su dal nulla – ecco il problema che coloro hanno risolto; ecco il blasone e il motto dei nostri tempi. –

– E la coscienza?

– La coscienza?.... lo stesso; la coscienza è la riuscita.

– Ma riuscirono con mezzi onesti? –

I mezzi onesti sono tutt'al più i mezzi legali. Prenda ad esempio il Debito pubblico, o Credito pubblico che è tutt'una, uno fra i più meravigliosi fattori de l'accumulazione, che trasforma senza alcun rischio il danaro improduttivo in capitale fornito de la virtù riproduttiva; ebbene le società per azioni, il commercio di ogni genere di valori negoziabili, le operazioni aleatorie, l'aggiotaggio, i giuochi di borsa, la moderna bancocrazia non sono forse una derivazione naturale del Debito pubblico, istituzione più che legale? Ora chi riesce in ciò che è legale, compie opera onesta ed assolutamente coscienziosa. Guai a filosofare, caro signore, non si guadagna nulla fuori che il manicomio e non ci si arriva mai. E sa lei – aggiunse ridendo – che è tanto cara e buona persona, che, se non avesse del suo, non troverebbe con tutti i suoi scrupoli nemmeno chi gli volesse affidare un posto di fattorino? –

– E, dica un po', e chi non riesce? –

– Lavora per riuscire o serve chi è arrivato, o se ne sta a contemplarli, o gli si strofina attorno. Creda anche questo è un divertimento, non le pare? Non potendo avere il fagiano arrosto, è qualche cosa deliziarsene le nari al profumo; e poi... poi il cuoco molte volte può essere balordo o disattento, ed allora non è difficile strapparne con destrezza uno spicchio o un lacerto. –

***

Un'altra volta gli disse: – Caro signor G. Giacomo, ha ella un'idea de la grande industria manifatturiera? –

– Io – rispose sorridendo il vecchio – conosco solo la buona manifattura di Dio che con un chicco di grano ne dà otto, e a l'uomo di buona volontà ne dà diciotto. –

– Sarà il vero, ma questa industria non ha azioni quotate a la borsa. Veniamo a noi: ha visto mai uno stabilimento metallurgico; una fabbrica con più di mille telai? –

– Non ho visto che il telaio che ho a casa mia. –

– Allora venga con me, che ho appunto alcune ore libere e le metto al suo servizio. –

Uscirono da l'albergo: La via turbinava di gente, di cocchi, di sole. Il signor notaio accese un grosso zigaro e pareva beato, le guance gli si erano accese; la pupilla scintillava dietro il monocolo.

– Ora pigliamo una carrozzella, che è un po' lontano.–

Mentre la vettura balzava su l'acciottolato, il giovane alzando la voce e gettando gran boccate di fumo, seguitava un altro filo di ragionamento di cui le frasi, come ondate fragorose, giungevano ad intervalli a l'orecchio del compagno.

Il notaio fu guida buona ed esperta; da una fabbrica si passava ad un'altra; magnificava ad interiezioni, ricorreva ai commenti del custode dato a compagno e li ampliava urlando in mezzo a l'orribile frastuono. Ma il vecchio non udiva: era come atterrito.

Quelli stanzoni immensi dove centinaia di macchine di carne e d'anima erano avvinte presso i telai, macchine di ferro, che precipitavano scintillanti, frementi; quelle ruote, quei volanti che stridevano con l'accelerata intensità del turbine; e le macchine motrici, mostri immani, affondate nei basamenti, le cui braccia d'acciaio s'alzavano e s'abbassavano con cupo e sincrono fragore; tutti quei forni accesi, quei ferri incandescenti, quei magli informi e soprattutto quella gente nera che lavorava sotto terra, a la luce scialba de' riflettori elettrici, ne l'afa putre e untosa, gli si improntarono ne la fantasia come uno di quelli immensi sotterranei di tortura quali si vedono ne le antiche incisioni.

– E non si cessa mai – diceva la guida, – la macchina lavora giorno e notte, le squadre diurne si succedono a le notturne; bisogna vincere la concorrenza, inventare nuove produzioni, lanciarle, trovar nuovi sbocchi al commercio: mirabile non è vero? –

Finalmente uscirono a l'aperto: il rombo de le macchine giungeva attraverso l'aria del vespero dolce sopravveniente.

– Ecco veda – esclamò il notaio con vivace entusiasmo – il campo di battaglia di cui le parlai ieri l'altro: qui non è difficile diventar generali. È semplice questione d'audacia e di genio; ma il teatro de le guerre future è questo qui! –

– E che vorrebbe ella dire? – domandò il vecchio.

– Ecco: queste grandi industrie per sorgere al punto che esse sono (tanto che il mondo è per loro troppo piccolo mercato e tutti gli spedienti de la vita moderna, del lusso, de gli usi nuovi non bastano a consumarne i prodotti) hanno dovuto in origine impadronirsi de le piccole manifatture private e domestiche; quindi creare, allettare, ed in fine accentrare un numero infinito di salariati; trasformare gli arnesi del lavoro primitivo in utensili tecnici che non possono essere adatti che al lavoro collettivo, come ella ha veduto; in ultimo riunire tutti i popoli in un mercato universale e, valendosi del telegrafo, de la stampa, de la scienza, dei mezzi di comunicazione, de la politica, imporre i loro prodotti, idearne dei nuovi, renderli necessari. Mi segue fin qui? –

– Mi pare, ma non ne vedo la conclusione. –

– Eppure è semplice: di mano in mano che l'industria capitalista crebbe di sviluppo, crebbe anche il numero de' salariati, tanto che quest'esercito reclutato ne la miseria dal capitale al suo esclusivo servizio, oggi forma una classe sociale minacciosa al capitale stesso; e la cosa più lepida e faceta che si possa vedere è in quanti e quali ingeniosi modi si cerchi di ammansare costoro: ma è una bestiaccia ingorda e più mangia e più ha fame e di zuccherini non si accontenta e le carezze non la persuadono più. Il loro numero è già formato per dar battaglia campale; sono al possesso de gli arnesi di lavoro, ma non sono organizzati, non conoscono bene l'uso e la forza de le loro armi.

Questi formano per così dire la milizia regolare; ma vi sono poi tutti i volontari (come i veliti ed i frombolieri che precedevano gli antichi eserciti) e costoro sono formati da tutti que' diseredati che il capitale, precipitando come valanga, staccò da le loro piccole fortune o da le occupazioni modeste dei campi; ma sono in sì grande numero, che non li può più accogliere ne l'ambito del suo lavoro.

Ebbene, reggimentare queste genti, guidarle a l'espropriazione del loro padrone, il capitale, ecco l'impresa che si offre a gli uomini di genio. –

– Eh! – rispose il vecchio – se si trattasse proprio di liberare tutta quella povera gente da questa nuova forma di schiavitù, di ricondurla a vita individuale, semplice, lieta, io non dico di no; perchè dover passare tutta la vita in quelle officine, vicino a quelle macchine, mi pare la peggior condizione che vi sia, anche se avessero triplo salario che non hanno. Ma lei non mi ha parlato di questo. –

– Perfettamente; io dissi solo che il termine positivo de le future battaglie è quello di guidare quest'esercito a l'espropriazione del capitale; niente altro. –

– E allora mi spieghi che cosa intende per capitale. –

– Il capitale è la miseria dei molti come condizione di benessere dei pochi, cioè quello che uno non ha e desidera avere. –

– Per modo – disse il vecchio – che ella combatterebbe per togliere ad altri quello che altri poi col medesimo diritto toglierebbe a lei. Non le pare ciò assurdo? –

– Ma niente affatto; prima di tutto perchè il capitale è impersonale, e poi perchè ognuno, dopo averlo conquistato, ha diritto di goderselo finchè ha la forza di difenderlo. –

– Così che – replicò G. Giacomo – ammesso che tale rivolgimento dovesse succedere, quelle macchine seguiterebbero sempre il loro lavoro? –

– Sempre; se si arrestassero sarebbe come si fermasse il cuore. Addio vita! –

– E allora vi dovrebbero essere sempre i medesimi eserciti di lavoratori. –

– Necessariamente. –

– E chi sarebbero costoro? –

– Questo poco importa; ma se le preme di saperlo, le dirò che probabilmente saranno i medesimi salariati d'oggi, forse meglio retribuiti e in migliore condizione, forse i figli di quelli che oggi sono i padroni. –

– Bel guadagno! – esclamò amaramente G. Giacomo – bella felicità!

– Ma la felicità, glielo dissi altra volta, è un termine assurdo; la lotta solo è il termine vero!

Ma che si pensa lei che questi lavoratori diseredati si agitino per conquistare quella vita ideale, tranquilla, libera che lei s'imagina come assoluta condizione di benessere? Ma nemmeno per ombra! Essi si agitano perchè vogliono godere in proporzione esatta de le loro fatiche di quel piacere che deriva ai loro padroni da quanto producono, mentre oggi non ne godono che in proporzione minima.

Non furono essi che di propria volontà elessero questo genere di vita: è vero; anzi vi furono fatti entrare per forza; ma una volta entrati, ci vogliono rimanere e ci vogliono stare bene. Creda, ne la storia non si va a ritroso; ed oramai questi proletari sono entrati nel torrente de la vita moderna; ne sentono tutti gli stimoli, tutte le passioni, ne intuiscono tutte le squisite raffinatezze; e perciò la felicità che ella, mio buon signore, vorrebbe offrire loro, creda che i più la disprezzerebbero. Guardi, io le faccio una supposizione de le più arrischiate: ponga cioè come cosa possibile che i lavoratori, essi e non altri, non solo potessero, ma dovessero essere i padroni e gli arbitri assoluti di tutti gli utensili e de le materie di produzione: bene; crede forse che per questo essi desisterebbero dal loro lavoro o arrestassero l'andare di quelle macchine che a lei fanno tanta paura?

Nemmeno per sogno: essi sono affezionati a quei loro grandi e frementi ordigni come l'artigliere a la sua batteria; e poi essi medesimi sentono il bisogno di avere e di godere di ciò che producono, e supposto anche che volessero cessare, la rimanente umanità li costringerebbe a quell'opera, la quale oramai è divenuta condizione indispensabile di benessere, almeno pe' nostri gusti; e necessaria autrice di sviluppo per la nostra civiltà. –

– Oh, signor mio – disse il vecchio con un certo turbamento di voce, – ella prima mi ha spiegato che il capitale è la miseria dei molti come condizione di benessere dei pochi, e sarà così, giacchè a produrre tutto questo infinito e multiforme superfluo di cui voi siete assetati, bisogna bene che in un modo o ne l'altro de gli schiavi vi siano. Ma a mio giudizio, esiste una miseria ben maggiore, la quale in fine non riesce a beneficio di alcuno; e questa miseria è ne l'aver dimenticato che il benessere vero consiste nel vivere secondo natura, secondo bontà e secondo i precetti del Signore, cioè semplicemente e virtuosamente. –

– Ma io non dico mica che ella abbia torto – rispose il notaio sorridendo e meravigliato del convincimento doloroso che era ne le parole del vecchio, – io dico solo che tutte le più sublimi verità, proclamate anche su gli affissi de le vie, non varrebbero a torcere d'un millimetro il cammino de la società; e perciò sono verità assurde o per lo meno inutili. –

– Io veda – proseguì ancora G. Giacomo, non tenendo conto de l'interruzione del compagno, – io non ho bisogno d'un cuoco francese, de la stoffa e di un abito de la foggia che ella porta; il soprabito nero che indosso è quello che mi sono fatto da sposo; i calzoni, belli o brutti che siano, furono filati e tessuti a casa mia.

E queste poche libbre di lana convertite in abiti nei momenti di riposo dai lavori campestri, costano un po' di lieta cantilena de la donna al telaio; ma la stoffa del suo bellissimo pastrano è troppo cara, per Bacco! Quella lana trasportata al mercato, di lì a la fabbrica, poi al mediatore, quindi di nuovo al mercato, rappresenta un capitale venti volte superiore a quello vero di produzione: e tutto questo per sostenere una così miserabile popolazione di fabbrica che è capace di ricomprare in vanità ciò che ha dato in sangue, una classe di bottegai parassiti, un sistema commerciale e finanziario, che mi pare assolutamente fittizio. Se quella stoffa avesse sentimento, dovrebbe arrossire di vergogna!

Le salse ed i vini preziosi che stuzzicano il suo palato a me fanno nausea; e senza servi sbarbati, senza caffè concerto, senza rose di gennaio, senza giuochi di borsa e donne mondane io vivo bene lo stesso. Lei ha bisogno de la cravatta, dei profumi, dei guanti, dei mobili secondo la moda o il tempo, e di tant'altre cose che non so nemmeno di nome: io ne fo senza. E, se anche dovessero cessare tutti quei mezzi di comunicazione, che furono causa e necessaria condizione di sviluppo a le industrie, non per questo mi lamenterei. Veda dunque che se tutti fossero come me, non vi sarebbero nè capitalisti nè salariati, nè simili altre miserie. –

– Ma lei – esclamò il notaio, – ma lei vorrebbe distruggere la vita, almeno quale noi l'intendiamo! ma che sarebbe essa mai senza il superfluo, senza le raffinatezze del lusso e de la civiltà, senza il tumulto de le passioni, il cozzo de le idee, senza l'eccitamento dei sensi? ma lei mi canzona! –

– Caro giovane, – replicò G. Giacomo riprendendo con dolcezza la voce abituale, – se provasse quanto piacere e quanto bene arreca a l'animo un'esistenza riposata e modesta trascorsa in libero lavoro e ne l'adempimento di opere buone, certo non ragionerebbe così. Ebbene prenda moglie, cerchi una buona e savia giovane, si crei una famiglia, un genere di vita più conforme a natura, e vedrà che la vita le sembrerà piacevole lo stesso senza domandare ad essa troppe cose che non può dare. –

– Me ne guarderei bene dal far ciò e specialmente dal prender moglie – rispose l'altro ridendo, – tanto più che la scienza ha dimostrato che l'uomo è di sua natura poligamo, e il matrimonio non sussiste che come contratto o come solenne corbelleria. Per buona fortuna ella è solo, credo, a pensarla in questo modo, se no, addio progresso, addio civiltà! –

***

La notte dopo questo colloquio, stando nel suo letto d'albergo, si destò G. Giacomo ad uno squillo fresco e ripetuto di campana che vibrava nel silenzio torpido de l'alba. Aperse gli occhi e vide dietro i cortinaggi lumeggiare il giorno d'una luce gelida.

Poi, tendendo l'orecchio, gli parve udire come un lamento continuo che cresceva e svaniva ad un dato ritmo.

Si riebbe, si destò per intiero e riconobbe il salmodiare mattutino.

– Dunque si prega anche qui! – pensò, e senz'altro scese dal letto, si vestì e dopo non lieve fatica, attraverso corridoi e sale appena illuminate da la fioca luce de la candela del cameriere che avea chiamato e lo precedeva, intronate ogni tanto dal russare de gli altri ospiti, fu ne la via.

Tratto al rumore, non stette molto a scoprire lì presso una chiesa od oratorio che fosse.

Su la facciata, di cui appena il frontone in alto si tingeva d'una lieve zona di luce, s'apriva una gran finestra a vetriate piccole piccole, soffuse di un bagliore rossastro.

Salì i gradini, sospinse i cortinaggi di cuoio, che pendevano dietro la porta socchiusa, ed entrò.

Allora si risovvenne che quelle mattutine preghiere erano le novene dei morti, e pensando che, ne la chiesetta de la sua parrocchia, in quell'ora, si dicevano le stesse preghiere, si riconfortò; e in quella comunione di dolori e di ricordi, gli parve minore la distanza a la sua dolce terra; e pensava:

– Dunque anche in questa superba e sterminata città vi sono i buoni, gli umili, i dolorosi che vengono a confortarsi ne la fede e ne la benedizione del Signore? –

Erano, per la più parte, vecchie infagottate in istracci neri, lavoratori disfatti da fatiche dolorose e continue. Quasi ognuno avea un piccolo involto che deponevano presso la sedia che offriva loro lo scaccino.

Seguitavano ad entrare nel tempio senza salutarsi e conoscersi: si segnavano e si raccoglievano in silenzio.

Il tempio era freddo e nudo, e tutta quell'accolta di uomini e di donne si era ristretta presso un pulpito da cui parlava un giovane prete. Giovane in verità non si poteva discernere al lume fioco che spandevano alcune candele; ma a la vigoria de la voce, fresca e sonora, lo si sarebbe detto senz'altro.

Parlava del regno dei cieli concesso ai buoni, lieto e bello come una primavera, de la differenza fra la vergine vereconda e laboriosa e la fanciulla impudica con l'immancabile paragone de la mammoletta modesta e de la dalia sfacciata. In verità non era gran predicatore e si vedeva che era un nuovo prete che faceva le sue prime prove in corpore vili.

Gli illustri oratori de la chiesa non si destano certo a quell'ora antelucana, per confortare un umile ed ignorante uditorio.

Tuttavia non mancava d'una certa vigoria e scorrevolezza di parola, e quella consumata retorica composta di mammole e di primavera, era improntata da una melanconica convinzione e faceva uno strano effetto in quell'alba grigia, e fra quella gente.

Freddo era il tempio; ma quelle parole si capiva che scendevano su la turba tapina come raggio di sole.

Perchè mai spunta il giorno e vi richiama a lo scotimento del lavoro? Sotto le lapidi di marmo che pavimentano la chiesa, i sepolcreti sono apparecchiati; perchè ritardare ancora il momento del sonno sicuro?

***

Ma il sagrestano solerte ha spente le poche candele, e la luce livida del giorno già disegna i capitelli de le colonne, gli altari, i Cristi macilenti.

Il prete ha rivolto il suo invito per l'alba seguente e se ne è andato. Allora sorge da quella turba un tremito indistinto di ultime preghiere; poi ad uno ad uno, appena smovendo le seggiole, riprendono i loro fagotti e se ne vanno essi pure.

Erano profili smunti ed emaciati, schiene curve, capelli grigi: gente che varca la parabola de la vita senz'aver visto il sole che sui tetti de le loro soffitte, senza conoscere la primavera che nei pubblici giardini o ne le botteghe dei fruttivendoli, senza lasciare traccia di sè a l'infuori che a l'ufficio di stato civile, o a l'economato de gli ospedali, e al registro del cimitero.

***

G. Giacomo uscì dal tempio.

Pioveva come una nebbia frizzante e gelata, ed il silenzio cominciava ad essere rotto dal rumore grave dei carri, rapido e sonoro de le vetture.

Si vedevano come uscire da la nebbia gruppi di gente, per lo più operai, nè allegri, nè tristi, il pane sotto l'ascella, la pipa in bocca.

Gemebondo, cupo, saliva il rombo de le macchine suburbane, che chiamava i lavoratori a le officine.

***

Si lasciò trasportare dal caso; ed ecco presso il muro di un gran casamento vide curvo un piccolo spazzacamino, e lì presso accoccolata su le calcagna era una bambina di sette od otto anni, tutta coperta e goffa sotto un gran scialle di maglia che le s'incrociava sul petto e si annodava a le reni.

Ambedue facevano un gran soffiare su di pochi carboni male accesi.

Quando sentirono il passo d'un uomo fermarsi dietro di loro, si voltarono; lo spazzacamino con una bella faccia tonda e rossa come una mela settembrina, la bimba con due occhi vivi e più sdegnosi che meravigliati de la indiscreta curiosità di quel signore.

67

Domandò: – Che fate lì, bambini? –

Rispose lo spazzacamino con voce un po' timorosa:

– Accendiamo il fuoco. –

– E chi te lo ha dato il fuoco? –

Allora la bambina si levò, ritta su quei due stecchi di gambe, e con voce piuttosto insolente, torcendo e levando in su il volto per fissare quell'uomo, rispose:

– Glielo ho dato io, proprio io, perchè si scaldi che ha freddo. Ciao. –

Quest' ultima parola rivolse la bimba al suo amico spazzacamino, e asciugatosi con un gesto violento de la mano il naso, raccolse di terra un caldanino, voltò le spalle, e dritta su i suoi zoccoli sbatacchianti e sdrucciolanti sul lubrico acciottolato, s'allontanò.

Lo spazzacamino si stirò le membra entro le sue misere vesticciuole di cotone, con un senso di freddo e di benessere. Poi si sedette su di una banchetta, lasciando penzolare le gambe su quelle poche braci che già si velavano di cenere.

– Ma ti bastano per scaldarti? –

– Altrochè – rispose, – e poi qui non piove mica – ed indicò il cornicione del casamento che sporgeva a l'infuori.

– E che fai qui? –

– O bella! aspetto che mi chiamino per pulire i camini. –

– E quanto tempo stai qui? –

– Fino a la sera. –

– E per mangiare come fai? –

– Me lo porta il mio padrone: un pentolino di brodo con del pane o una bella fetta di polenta. –

– E quella bambina dove va? la conosci? –

– Proprio no; ma so che va a lavorare. Passa di qui tutte le mattine e mi dà metà del carbone del caldanino; ma ieri avea un segno su la faccia perchè l'avevano bastonata perchè c'era poco carbone. –

Evidentemente il piccolo lavoratore appariva seccato di quelle domande, e quando G. Giacomo si fu allontanato, riprese a soffiare su le sue braci.

– Poveri bimbi – mormorò il vecchio – così piccini, così soli in quest'ora che dovreste dormire nel letto tepido, vicino a le carezze materne! Povera vita, fredda e triste come questo mattino! Soffia, soffia, ma tutto si spegne su questo suolo viscido, sotto questo immenso grigio del cielo! –

Rivedeva le turbe de la vigilia affaticantisi presso le macchine, la gente che era venuta a pregare in quella chiesa, la misera famigliuola de l'impiegato, ricostruiva il corso de la vita di quelle due creaturine, e sospirò:

– Ohimè, non per questo lavoro, non per questo dolore Dio disse a l'uomo di guadagnare il pane col sudore de la sua fronte! –

***

La nebbia si era sciolta in una pioggia sottile, quasi invisibile, acuta come punte d'ago. E quel rumore indistinto che brontolava assopito e lontano, era improvvisamente scoppiato con fragore incessante e montava sempre.

Era l'immensa città che si destava dal sonno.

Le carrozze s'incrociavano, si scontravano con improvviso e sicuro arretrare di cavalli, poi riprendevano la loro corsa; carri, carrette, furgoni carichi de le più disparate mercanzie, facevano tremare il suolo, gemere le stagge de le ruote, tendere il collo ed i garetti ai vigorosi cavalli.

Ma su le rotaie polite scivolavano allegramente i tranvai, già pieni di gente, ad un bel trotto di cavalli, facendo con le ruote saltare, come ad ondate, l'acqua de le pozzanghere.

I commessi ripiegavano le imposte e sospingevano innanzi le vetrine; i venditori di giornali sbucavano dai trivi urlando le ultime notizie e diffondevano l'odore acre de l'impressione recente.

Ed in mezzo a quell'affaccendarsi, una nota gaia davano le sartine che sgambettavano vispe come passere, saltando le pozzanghere, evitando il fango de le carrozze, l'urto de' viandanti con una grazia giovanile e senza intaccare de la più lieve pillacchera le scarpettine lucide.

Erano visini rosei, ridenti, su cui aleggiava l'ombra de l'ultimo sogno, troppo presto interrotto!

Come era lieto e vigoroso quel destarsi de la grande città che riprendeva con impeto il lavoro appena sospeso nel breve riposo notturno! Ma a G. Giacomo i pensieri si erano fatti cupi e con l'anima desiderosa ritornava a la sua villa, a' suoi campi e a la sua libera vita serena; e tutta quella gente, tutti quei carri che fuggivano, si confondevano in lontananza ne le lunghe vie, sotto la sferza de la pioggia sottile, de l'aria gelida, gli mettevano ne l'anima come uno sbigottimento pauroso e gli facevano male al cuore.

Triste lavoro, quasi maledetto e fatale gli appariva.

Ma la folla gli passava davanti sempre più turbinosa e numerosa, così che quasi confondendosi a quella vista, gli pareva che le rigide braccia de le macchine non soltanto tenessero avvinte a sè le tristi squadre de' lavoratori, ma si estendessero invisibili, immani, e tutta quella gente ne fosse afferrata e si movesse a quel moto.

– Chi avrà la forza – pensava – di arrestare, o, almeno, di rivolgere al vero bene quest'impeto fatale; chi, e dove e quando, potrà dire queste vere parole: – Oh cercate a più pure fonti la sorgente de la vita! –

***

Come fu lieto il giorno che il signor notaio gli disse: – Ecco tutto sbrigato, ecco la sua parte e, se vuole, se ne può andare! –

G. Giacomo gli seppe assai grado de la sollecitudine, e quegli volendolo assai cortesemente accompagnare a la stazione e domandandogli: – Ci rivedremo ancora, signor mio caro? – rispose:

– Qui certo non più; ma se ella un giorno fosse stanco e volesse vivere un po' in pace, venga da me e ritroverà sempre un amico! –

– Chi lo sa! – rispose colui sorridendo; ma nel cuore aveva una certa tristezza, e non si partì da l'andana infino che il treno fu mosso e la testa bianca e la mano di G. Giacomo scomparvero rapidamente.

## CAPITOLO IX.

Come ritornò Fortebraccio, lieto di giovanezza e di vittoria, fra quella disfatta famiglia di Amleto! Egli simboleggiava quasi la vita la quale, lasciando dietro di sè vecchi errori e ruine, nuovamente risorge per correre a nuovi errori ed a future ruine.

Così fra quella gente morta ne la modernità fece ritorno Giorgio, figliuolo del medico Lorenzo, se ve ne ricordate. Era giovane già fatto, e sicuro di sè, del suo tempo, del suo sapere, fiducioso ne l'avvenire che gli s'apriva dinanzi; ed era venuto per vivere un po' di tempo in campagna col babbo e ritrovare anche il suo vecchio benefattore ed amico G. Giacomo, così che sovente si trovavano assieme a conversare o a far merenda da qualche contadino.

Fra i molti ragionamenti che ebbero, uno ve ne fu che vuol pur essere riferito.

Una volta dunque – ed era un luminoso e riposato vespero di maggio; ne l'aria

70

cheta si stendeva l'olezzo fresco de le fave e del trifoglio fiorito sì che attorno ne rosseggiavano i campi, – o G. Giacomo – disse il giovane, e avea posato affettuosamente il braccio su la spalla del vecchio – io ti conobbi in altri tempi e tu eri lieto in questa tua buona solitudine dei campi dove sei sempre vissuto. Ora, da quando sono qui, io ti vedo triste e spesso te ne vai come smemorato. Che hai tu? che ti affligge? –

– Vedi, figliuolo, la ragione è che in questo mondo, quale si è fatto oggi in così poco tempo, io non mi ci trovo più, e vi sono come smarrito. È tutta una mina d'attorno a me: non si crede più in nulla, non c'è più senso di pietà, non religione, ed anche la parola di patria, per cui il padre tuo combattè, più non s'ode: la morale ed i costumi dei nostri tempi sono trascurati o avuti in conto di errore. Molte azioni che una volta erano lodate come buone, oggi sono o derise o condannate; e molte che noi condannavamo, vengono ritenute come savie ed accorte.

È come un temporale che sorge, e l'ombra si stende anche su questi miei campi, e il sole mi si scolora e quasi mi pare che la terra non sia più così lieta e fiorita come una volta e questa nuova età abbia perduta la sua primavera.

Anch'io – aggiunse tristamente sorridendo – dirò col poeta: ipsae rursus concedite silvae. Ma non è per me, ma per quel mio figliuolo che mi affliggo.

Tu lo vedi; egli era stato allevato perchè vivesse una vita come fu la mia: qui passare i suoi anni con bella figliuolanza d'attorno, lavorare nei campi, vivere ne la mia casa.

Il suo corpo, un giorno, avrebbe riposato presso il mio, lassù (e indicava il cimitero su l'alto del colle, il cimitero solatio e solitario dai cipressi grandi che si scagliano al cielo).

Don Leonzio mi disse che la religione comanda di non amare le cose terrene, perchè l'animo è dilaniato quando le perde; ma dimmi: perchè non dobbiamo noi amare questa vita e questo mondo che sono pur così belli? dove è che Dio ha detto di affliggerci in terra per essere beati in cielo?

Ora tutto è mutato, vedi! Il turbine di questo nuovo tempo che mi freme dattorno, giungerà fino a questa villa e l'abbatterà e prenderà il mio figliuolo tra i suoi vortici, senza che egli neppure se ne avveda, e lo porterà lontano fra l'infinita miseria de la nuova battaglia umana. Egli è giovane semplice, mite e dolce di cuore. Ora Cristo a gli uomini semplici ha promesso il regno dei cieli; ma io, per quello che ho visto, ti dico che ne la vita quale essa è oggidì, gli uomini semplici è molto se avranno da sfamarsi. –

– Certo è che – rispose il giovane – perchè il carnivoro viva, bisogna bene che l'erbivoro muoia; e perchè possa allevare i suoi nati, bisogna che privi de' loro parenti gli animali più deboli.

Questa è la legge che governa quanti animali vivono sotto il sole; ma legge benefica, perchè tende ad aumentare il benessere de la specie, favorendo il moltiplicarsi de gli individui più forti e felici ed impedendo quello dei più deboli e dei meno felici. –

– Disse G. Giacomo: – Ma i più forti ed i più felici saranno forse i più buoni? –

– Ecco vedi – rispose il giovane – una di quelle parole su le quali non sarà facile l'intenderci. Secondo natura, o G. Giacomo, sono buoni quegli uomini le cui azioni sono adatte al loro fine; e primo quello di conservare l'individuo e procacciare tutti quei beni che rendono gradita l'esistenza, secondo garantire ed elevare fortemente la prole, in fine raggiungere questo duplice scopo senza impedire che pure altri, forniti di pari forze ed attitudini vi pervengano, anzi aiutarli, per modo che le congiunte energie valgano ad assicurare il benessere di una società nuova, senza errori del passato, sicura del suo tempo e de le sue forze, fiduciosa ne l'avvenire. –

Disse G. Giacomo:

– E le povere madri solitarie che pregano e chiamano i figliuoli morti, e i vecchi rimasti soli ne la vita, per cui una parola d'affetto è più cara che un raggio di sole, e i giovani nel cui occhio mite tu leggi una disposizione al sogno e a l'abbandono, e quelle anime fragili e delicate che il rude contatto de la folla umana offende sì che anteporrebbero di morire piuttosto che entrare con essa in battaglia, e, infine, tutto l'esercito di coloro che la sventura o la natura ha colpito, tu non li conti? dove andranno essi? e chi sono per te? Per me sono i buoni.

Ma più buoni sono quelli che soffrono, che piangono al pianto de gli altri, che non hanno fatto cadere una lagrima dal ciglio del loro padre e de la loro madre; quelli che vivono semplici, ignorati, modesti; quelli che si accontentano de la minestra e danno la pietanza a gli altri; che sfuggono ogni intemperanza del senso; che pure essendo forti amano di sacrificarsi a gli altri, piuttosto che sacrificare gli altri al proprio bene; e questo non solo perchè lo vuole Dio e ci ha promesso un premio; ma anche perchè corrisponde ad un non so che di eroico che non certo è in tutti gli animali che vanno sotto il sole, eppure un tempo si credeva conforme a la natura umana.–

– O uomo semplice – rispose sorridendo il giovane, – molti di quelli che tu hai chiamato buoni non sono per me e per la scienza che de gli infelici o de gli ammalati di spirito; ed è loro sorte perire presto e far posto a gli altri. –

– Ma sai tu dirmi – domandò il vecchio – quale è la cagione prima di questo mutato modo di giudicare? –

Rispose: – Hai tu letto Plutarco? Egli narra, non so in che punto, che veleggiando una nave per l'Egeo, si udì ne la tranquillità del tramonto una voce che diceva: «Il dio Pan è morto!» Così io ti dirò che, secondo una nuova e più precisa conoscenza de le origini e de lo svolgersi de la vita, il tuo vecchio Dio è stato detronizzato come un re in esiglio, sbarazzato da la fatica de la creazione, e che per la scienza di certe leggi immutabili, è stato anche sgravato de la cura di governare il mondo. Si scrutò il cielo, ma il regno di Dio non si è trovato; così pure si studiò il corpo umano, ma l'anima è sfuggita a l'analisi: si sono invece scoperte sicure leggi, per cui da la materia stessa si originano quei moti e quei sentimenti che un tempo erano attribuiti ad una forza immateriale e misteriosa. –

Il vecchio non rispose, come quegli in cui la fede era troppo viva per discutere simile proposito, ma chinò tristamente il capo, e il giovane proseguì:

– Ora movendo da questi principi positivi de la scienza, ne segue che la vecchia morale deve essere modificata, ed anche i rapporti sociali, economici e politici subiranno di necessità un mutamento sostanziale. Che se alcuni filosofi sentimentali, come già fu dei neo-platonici, vogliono conciliare assieme queste nuove idee de l'evoluzione con le antiche de la creazione, ciò si potrà accettare come un fenomeno storico e come un mezzo che la coscienza escogita per rendersi più agevole il passaggio; come anche la tua religione nel dogma ha un valore, ed è bene che rimanga, almeno finchè l'esatta religione de la scienza non sia maturata ne gli animi. Ciò non toglie che siate ne l'errore e nel falso. E questi tentativi stessi di conciliazione fra il nuovo e l'antico, questa tristezza che tu provi, non ti fanno capire che il vecchio edificio è minato ne le sue intime basi? –

– Io non ti posso dare nè ragione nè torto, perchè io non ho studiato tanto; ma dimmi, queste belle cose te le hanno insegnate i tuoi maestri? Fortuna che non ci mandai il mio figliuolo! le hai imparate ne' tuoi viaggi in terra di Germania? Allora se vi ritorni, di' a loro che noi, con il nostro sole e con i nostri bei campi e il nostro mare (guardalo laggiù come splende), potevamo vivere bene lo stesso, e che se le potevano tener per loro quelle idee! –

Il giovane sorrideva e l'altro continuò nel suo pensiero dominante:

– Dunque anche tu sei convinto che il figlio mio o i figli di lui non potranno condurre la vita che io vissi? –

– Così io penso, ma non sarà il turbine de la modernità, come tu hai detto, che li strapperà di qui; ma saranno essi medesimi che entreranno buoni e volenterosi combattenti in mezzo a gli uomini del nostro tempo, a la conquista di beni più veri e sicuri che la tua fede e l'ozio de' tuoi campi. –

– E credi tu che allora si potrà ottenere un bene maggiore, o, se più ti piace, un dolore minore? –

– Non credo, ma ne sono certo, giacchè la scienza indistruttibile, non arrestabile, fatalmente progressiva nel suo cammino, ed applicata, come oggi è, ad ogni manifestazione de la vita, ha in sè tale forza ingenita da costringere gli uomini ad assurgere quando che sia ad un tipo umano consentaneo ad essa, cioè infinitamente più elevato di quello che oggi non sia. –

– Ma non ti pare che il principio dia a credere il contrario? – disse con tristezza G. Giacomo – ma guardati attorno e dimmi se leggendo la storia dei tempi trascorsi, ti è mai avvenuto di abbatterti in un'età in cui la contraddizione, il turbamento e l'errore (per non dire altro) siano stati in maggior grado che oggi; in cui, a nome di non so quale libertà, la tirannia sia stata più dura, giacchè non solo le ricchezze vive de la nazione, come le terre, i prodotti; ma anche i commerci, le industrie, e soprattutto ciò che pare meno soggetto altrui, cioè l'intelligenza, si vanno di mano in mano infeudando a non so quale prepotente ed invisibile forza che tutto domina come un mostruoso braccio d'acciaio di una macchina, nascosta e quasi sepolta entro terra, moveva a furia infiniti ordigni in un opificio che io vidi, e teneva a sè avvinti centinaia di lavoratori.

Hanno avuto il coraggio di abbattere e poi di schernire tutto ciò in cui noi de la vecchia generazione credevamo come cose belle e buone: non più religione, non più legami indissolubili de la famiglia, non più onore a le opere libere e liete de l'ingegno o de l'arte; anche la rigidezza del carattere, anche l'eroismo per la patria, le tradizioni e la fede del tuo vecchio padre sono oramai derise; e vedi costoro che si vantano di essersi liberati da questi errori del passato (come li chiamano) e da la schiavitù di Dio, con quanta grazia si assoggettino poi a la schiavitù de gli uomini e di pregiudizi e vanità nuove ed inconcepibili.

Oh io pure piango e vorrei combattere per la lebertà, ma una libertà più lieta ed umana! –

– G. Giacomo – disse il giovane – ne le tue parole si sente piuttosto il dolore che il sereno giudizio de l'uomo savio. Ora sappi che i fatti umani non si debbono giudicare, per ben giudicare, dal momento che si attraversa, ma con più ampia e profonda comprensione, e mirando più che al presente, a l'avvenire; ed allora quei mali che così ne rattristano, ci parranno inerenti ad un dato e necessario ordine di fatti e di idee, le quali debbono seguire il loro corso: al fanatico, qualunque esso sia, io concedo pure la speranza vana o di affrettarne l'andare o di voler ricondurre le acque verso la sorgente, ma a l'uomo superiore spetta di ben considerare tutti i vari fenomeni sociali, morali e politici del suo tempo: e, per quanto sia convinto che ben poco egli potrà fare, tuttavia capirà che è suo dovere persistere ne l'illuminare e rivolgere a scopo di bene le forze che ha sotto mano, e ciò con l'energia del filantropo e con la serenità del filosofo. Così pensando, io trovo naturale e logico quello che avviene ancorchè sia triste perchè so quali ne furono le cause e so quale è l'avvenire migliore che ci attende. –

– E sia pure; ma non soffri tu – domandò il vecchio – non soffri tu a vedere tramontare e cadere tanti dolci affetti, tante gentili e buone costumanze in cui credevano i nostri antichi? E pur supponendo che il futuro possa essere migliore de l'oggi, e il male generare il bene, che importa per questo quando è ne l'oggi e nel male che ci conviene di vivere? –

Rispose sorridendo il giovane: – Voi, credenti nel regno di Dio, giudicate questa vita come vana e passeggera e avete fede in quella che godrete lassù: ebbene anche noi abbiamo la nostra fede, perchè sentiamo di formar parte di questa infinita, eterna a meravigliosa materia; e ne la conoscenza de le sue leggi e ne la ricerca spassionata del vero troviamo un piacere se non lo stesso, certo forte come quello che voi provate ribellandovi col concepire un effimero e fantastico regno di Dio; ma parimenti come voi, per salire ben ispediti su per il bel sereno, avete scritto ne le vostre leggi che non conviene essere gravi de gli affetti terreni, così sappi che anche noi, che riponiamo ogni bene su la terra, dobbiamo non essere di troppo affezionati a l'antico, ma solo considerarlo in quanto è esso pure un fatto necessario finchè il nuovo non sia pronto; e ancorchè ci sanguini il cuore, conviene vincere ogni sentimentalità, altrimenti non si andrà mai sicuri per la via de l'avvenire.

Tenendo poi al caso presente di cui tu ti duoli, la ragione è che tu a la fine de la tua vita ti sei trovato quasi improvvisamente al tempo de le demolizioni, e quali demolizioni! Queste vecchie mura del regno pontificio vi tenevano rinchiusi ne la loro cerchia; gli altri ne l'errore multiforme del passato; te, o povero amico, in questa dolce, onesta, ma obliosa solitudine dei campi e in uno stato di vita che potrebbe essere desiderabile ed invidiato, se tale pace fosse compatibile con l'indole de l'uomo. La rivoluzione politica fu il fatto occasionale che abbattè quelle mura; se quella fosse mancata, credi che sarebbero cadute lo stesso per decrepitezza, ma, più probabilmente, per l'impeto de l'atmosfera esterna. Comunque sia la breccia fu aperta e l'aria, satura di novità, di verità, di ribellione vi è entrata a torrenti.

Ti meravigli tu di quello che avviene? Certo che è doloroso veder cedere i puntelli de l'edificio antico quando ancor vi si abita e quando il nuovo non è pronto. È il tempo de le mine, non te lo nego, e molte ruine grondano sangue.

Ma quando una casa deve fatalmente essere abbattuta, chi non sa che oltre a le mura e a le porte fracide può, per avventura, essere ruinato qualche buon dipinto su le pareti o qualche modanatura fatta con arte?

E non v'è dubbio che, almeno per il nostro paese, con il livello medio de la coltura e del carattere, il diffondersi de le idee naturali è prematuro; ed una prova tu la ottieni osservando come lo scetticismo abbia preceduto la scienza, e, caduto il vecchio dogma de la fede e de la morale teologica, le coscienze incapaci di guidarsi di per sè, domandino ad una scienza da strapazzo nuovi dogmi che siano guida di condotta.

Eppure, perchè non te lo dirò io? Questo scetticismo che così ti affligge ed invero rattrista, ha esso pure la sua missione. Ed ecco come: l'umanità ha oscillato per secoli ne l'errore; oggi solo è al possesso del vero, e per questo vero, triste o lieto che sia, dovrà fatalmente andare. Ma questa novissima via bisogna che sia sgombra di tutti gli impedimenti antichi; grondi sangue al tuo cuore, o G. Giacomo, ma tutto ciò che ci congiunge al passato deve essere distrutto. Ebbene lo scetticismo è il gran distruttore; esso lavora ad apparecchiare il terreno neutro, il luogo puro su cui sorgerà l'edificio del tempo a venire.–

– Cadrà dunque anche il dolce amore di patria, per cui il padre tuo pianse e combattè? anche il sacro legame de la famiglia, per cui tua madre fu sposa così pia e dolorosa e tu ne nascesti ed ella morì? –

– Anche, G. Giacomo, in quanto quegli affetti contengono una morbosa sentimentalità repugnante a la pura e fredda ragione. Ma credi che altra patria, altra famiglia ci si apparecchia ne l'avvenire. A questo rivolgi il pensiero e credi anche che quel ferro che uccide, quel ferro stesso sana; perchè coloro che oggi si valgono dei materiali progressi de la scienza solo per opprimere con nuova ed ipocrita forma di schiavitù, cadranno sotto la ribellione di quelli stessi che radunarono al proprio servaggio; e lo scetticismo che distrugge tutto quello in che voi credete, o buoni sognatori del regno di Dio, distruggerà infine i distruttori stessi, giacchè solo con la fede si edifica. Ma sorga alfine un'età in cui gli uomini possano vivere ne la piena beatitudine de l'essere, come è loro diritto, senza mendicare a continui errori ed a vani sogni un bene contrario a la verità ed a la ragione: noi che combattemmo periamo pure dimenticati, purchè resti in piedi il vessillo ed il fato si compia! –

E a la fine de le sue parole, dette con voce in cui fremeva un occulto e doloroso entusiasmo, il vecchio levò le braccia e amorosamente le avrebbe voluto posare su le spalle del giovane, ma questi se ne allontanò bruscamente, salutò e si partì; e G. Giacomo, rimasto solo, lo seguì alquanto con lo sguardo finchè lo perdette di vista, e seguendolo, crollò il capo e mormorò:

– Anche tu che hai studiato, sei un sognatore. Povero giovane! –

Poi si avviò verso casa.

Antica e stanca sorgeva la luna; e i campi, odorosi per le biade fiorite, si confondevano ne l'oscurità crescente.

Attraversò l'aia, salì le scale de la sua casa; la cena era già pronta e la tavola fumava di buone vivande e la stanza luceva. La moglie ed il figliuolo gli ragionarono de le cose de l'azienda domestica: le giovenche erano pregne; domani lui, il figliuolo, sarebbe andato a la fiera del villaggio vicino. Non era forse bene vendere le giovenche pregne? Avrebbe comperato due poderosi buoi per ben frangere i maggesi per l'aratura.

## CAPITOLO X.

### (Epilogo)

Rolando, cavaliere, quando a le chiuse di Roncisvalle per le gran ferite si sentì venir meno, suonò il corno, sì che le tempie gli si spezzarono e per gli echeggiati monti il suono se ne andò sino a Parigi e l'udì re Carlomagno da la barba fiorita.

Ma non giungeva cavaliere nessuno.

Allora, vedendosi vicino a morte, si piegò in ginocchio e s'appoggiò a la sua spada Durendal, che aveva forma di croce, e fu gloria in vita come fu salute in morte.

Così morì il buon cavaliere Rolando.

***

Così moriva un giorno G. Giacomo, cavaliere egli pure de la fede; anch'egli abbandonato, perchè solitario e sdegnoso ne la modernità; e le mani scarne erano abbrancate ad una grossa croce, su cui stava inchiodato un Cristo. Le pupille, già ottenebrate da l'ombra de la morte, si fissavano in alto come a scrutare la via che l'anima avrebbe fra poco percorsa per giungere a Dio, suo principio e sua fine.

Egli morì. Era l'ora che i buoi tornano a le stalle trascinando l'aratro, fumano le ville, e dai sommi monti cadono le tenebre.

E le tenebre gli si serrarono dattorno per sempre.

No: l'anima di G. Giacomo, sciolta da l'impaccio del corpo, non salì su per il bel sereno, ridente e trionfatrice de la materia; nè il regno di Dio dischiuse le sue porte luminose.

Quel vecchio e buon padre Iddio, nel cui seno sperarono di riscaldarsi quelli che ebbero freddo in questo lungo inverno de la vita; al cui cuore come a sorgente viva, avrebbero bevuto gli assetati di amore, di giustizia e di bene, il vecchio e buon Iddio non v'era!

Ahimè! le povere madri solitarie che chiamano e pregano per i loro figliuoli morti, ed elle muoiono con gli occhi lagrimosi di speranza; ahimè, i vostri figli non li rivedrete; non vi verranno incontro al limitare del regno di Dio; ma giù anche voi piomberete ne le tenebre che non hanno aurora.

Nè fu dolore, nè fu disinganno per G. Giacomo: perchè erano le invincibili forze de la materia che proseguivano il loro cammino con legge fatale; cammino lungo sì che a la mente de l'uomo pare eterno, cammino doloroso, che attraverso il tormento de le infinite forme de la vita, conduce esso pure ad un regno ove è signora una Dea.

Ma non è la dolce Dea, radiante di dolcezza e di speranza, che accoglie le preghiere di tutti; che è torre eburnea, salute de gli infermi, rosa mistica, stella del mattino!

La Morte è la gran dea a cui tutto sospira e tende dopo la multiforme e secolare battaglia de la vita, e in lei tutto si riposa e si scancella.

Fu dunque così come dovea essere e però non fu dolore nè disinganno.

***

Ma ne l'umido letto del camposanto, sotto le radici dei cipressi che cantano ai venti le querele dei morti, un rimorso cocente rodeva lo spirito di G. Giacomo; nè il lento tramutarsi del suo essere in nuove forme di vita valeva a lenirne il dolore. Egli pregò la Morte perchè gli concedesse di ritornare ancora per breve ora su nel mondo. Voleva andare dal suo figliuolo e stenebrargli la mente de l'errore in cui lo avea allevato e indicargli la via de la felicità. E la Morte sì gli concesse, e gli diede meraviglioso potere d'imprimere per incanto ne la mente del suo figliuolo la conoscenza del vero.

***

Dunque fu in una notte fredda e piena di luna che egli si levò dal suo letto del camposanto e si avviò verso quella che fu la casa de la sua gente e la sua.

Le piante lo riconoscevano e gli cantavano la loro canzone, ma lo spirito di G. Giacomo s'affrettava di giungere e andava veloce chè veloci vanno i morti, come dice la vecchia ballata; e andando, molte cose e queste fra le altre pensava:

– O figlio, figlio de le mie carni e de la mia anima, caro in vita e più caro giù ne la morte, se, da quando tua madre ed io ti vegliavamo ne la culla, da quando seguivamo i tuoi primi passi (e tu crescevi fiorente di forza e di virtù ne la vita), se dai nostri occhi si trasfuse ne l'anima tua quest'anima nostra imbelle, io te la strapperò dal petto. Me ne ha dato potere la Morte.

O figliuolo! quegli occhi tuoi, miti di bontà e di fede, certo si sono rispecchiati nei nostri, di me e de la tua semplice madre, che per lunghe notti, per lunghe ore noi ti fissavamo e con sì grande intensità d'amore che le pupille quasi ci si riempivano di pianto!

Ora io mi levai dal mio letto eterno del cimitero, gelido e buio, io vengo ne la notte e per l'inverno in questa casa, per te; per dissipare quella tenebra di semplicità e di fede che è ne l'anima tua.

Chi ha quello sguardo non ha conquiste nel mondo, ed io voglio che tu conquisti.

Certo tu sarai buon lottatore perchè sei cresciuto al sole, libero e forte: hai saldi muscoli per abbrancare ne la lotta, hai sani nervi per godere la vita. Ma io ti darò di più: ti svellerò da l'anima tutti i pregiudizi di fede, di coscienza, di patria; fatale eredità di errori trasmessi col sangue; ti strapperò ogni poetica sentimentalità, ogni visione, ogni utopia che tenta sottrarsi a l'inesorabile analisi de la ragione, e ti stamperò ne la fronte due pupille vive, che fanno incurvare a gli altri il capo: due pupille che non si offuscheranno mai di pianto, scintillanti d'energia, invincibili ne l'ottenere.

Su su, è l'ora, è l'ora! Su da quel tuo letto, se vi riposi; via da quella casa, se tu la ami. Altro letto, altra casa ti aspetta! Il sole oramai sorge, la tua giovanezza oramai tocca e matura il suo fiore; e il tempo già fugge.

Oh, abbatti, o figlio, le viti che piantò tuo padre! Egli potò quei tralci e riposò a l'ombra di queste piante; e il succo di quei grappoli e la canzone di quei pioppi che fremono ai venti ed al sole, addormentarono la sua anima, che non vide il vero, come hanno addormentata la tua.

Io vengo per destarti.

Abbatti dunque quelle piante; abbandona quella casa ove vissero e morirono quelli di tua gente, ove la tua vecchia madre ragiona coi santi e coi morti la sua vana preghiera. Abbandona tutto; dimentica tutto, anche l'angolo del cimitero dove vieni a pregare per me. Dimentica e va lontano! Va lontano in mezzo a gli uomini e conquista! Conquista la gloria che sopravvive per qualche tempo a la morte, la voluttà che allunga i minuti de la vita, il potere che fa sembrare di ferro i fragili stami de l'esistenza. Va! Va e trionfa, perchè tu sei forte ed io ti ho temperato nel battesimo del vero.

Così potessi per te moltiplicare i sensi ed accrescere la facoltà di godere; così potessi io profetare per te e per i figli tuoi un nuovo tempo, in cui le anime ed i corpi, modificati e perfetti con selezione cosciente, avessero valore di oltrepassare il termine de la morte, distruggere le fonti del patimento umano, vincere il tempo e l'ignoto, vivere eternamente felici ne la vita come oggi si vive eternamente tristi ne la morte. –

***

Così fremendo fuggiva ne la notte quello spirito; e le piante, che lo avevano visto fanciullo, seguitavano la loro obliosa canzone dicendo: – Oh rimani, rimani con noi, G. Giacomo! Le rondini già varcano il mare, le viole sbucano da la terra, le lucciole oramai accendono le loro fiammelle per danzare attorno a le spiche. Rimani fra noi!

Chè se la tua vita è compiuta, nè più le nostre ombre potranno dare riposo a le tue membra nè i nostri fiori consolare i tuoi sensi, rimani lo stesso con noi; vivi con noi; aleggia, spirito buono, attorno a noi, qui dove è la tua casa. –

***

La casa era bianca per la luna che vi batteva in piena luce e dentro, sopra gli alari, ardevano due grossi ceppi di rovere.

Vicino vi sonnecchiava il gatto con gli occhi di fosforo, aperti ne le tenebre, e pur vigilava.

Ecco la stanzettina da pranzo tutta pulita, coi suoi vecchi mobili e odorosa di mele cotogne.

Nulla è mutato: solo di fronte al ritratto de l'avo è stato messo il suo; un ritratto ad olio, che il figliuolo deve aver fatto eseguire, o a memoria o con l'aiuto di qualche fotografia. Certo egli vi si riconobbe con la sua grossa testa grigia, gli occhi pensosi e le labbra appena mosse ad un mite sorriso. Per quanti anni, a mezzodì, avea desinato con allegro appetito e allegro cuore, e fuori de la finestra scopriva la distesa dei campi e il mare in alto risplendere!

Ed anche il suo studiolo era tutto assestato e raccolto come quando egli vi si recava a leggere o a pregare. Lo scaffale con i libri tarlati, messi in fila, il seggiolone di cuoio, il volume di Livio e di Vergilio, da cui, leggendo ne le serene notti al lume de la lucernetta, usciano torme di cavalieri andanti e pompe di trionfi, e ricordanze di gloria! E allora egli vide che la nuova vita seguitava a fiorire su l'antica, ma lietamente, come dava a credere un grosso scartafaccio di conti. Una interruzione di parecchi mesi seguiva l'ultima pagina da lui segnata, poi le note ed i computi de l'azienda domestica erano ripresi secondo l'ordine che egli soleva, e non mancava la spesa de le messe pel suffragio de la sua anima e la spesa de la minestra e del pane e del vino per i poveri, quando suona mezzodì da la pieve, così come egli soleva.

***

80

Proseguiva il suo viaggio per quella che fu la sua casa. Giunse ne la stanza che fu la sua.

In un canto del gran letto vi riposava quella che era stata così buona e mansueta compagna de la sua vita. Auliva la stanza di verginità rifiorente in quella casta vecchiezza; e la testa grigia, la faccia scarna era adagiata su di un alto guanciale e le mani esili giunte sul petto ed intrecciate ad una grossa corona.

Forse si era addormentata pregando; e le labbra, mosse ogni tanto, parevano come ragionare coi santi e coi morti di cose lontane. Povera vita di donna, un dì giovane sposa, lieta del suo uomo, del suo figliuolo, de la sua casa, ora solitaria e vedova, scendeva ne l'ineffabile ignoranza de le cose e del mondo verso la morte.

G. Giacomo, non t'indugiare, l'ora fugge! Lunghe sono le notti de l'inverno, ma il gallo ormai canta mattutino, e dal chiuso pollaio indovina i miti incendi de l'alba.

Affrettati: nulla puoi tu fare per lei; la sua vita declina come declinò la tua; lasciala in pace nel suo letto: vedi, ella vi si è composta come ne la bara; lasciala parlare coi santi; lasciala sognare finchè ha tempo: si desterà fra breve giù. nel regno de la Morte.

Fuggì, e fu ne la stanza del suo figliuolo. Un lumino ardeva davanti a l'imagine de la Madonna e diffondeva attorno mite luce.

Il giovane giaceva fermo, supino, ne la beatitudine del sonno, con il capo profondato nel guanciale. Una de le braccia usciva fuori de la coperta e la mano larga e callosa di forte lavoratore si stendeva su di una cuna come a proteggere; l'altro braccio passava sotto il collo di una donna, la cui testa fiorente di giovanezza, era posata sul petto di lui, il suo petto dove era il suo mite ed imbelle cuore.

G. Giacomo stette a lungo a contemplare, e i momenti de la notte fuggivano l'un dopo l'altro, e il sole che mette in fuga i fantasmi, s'annunciava al biancheggiare del cielo.

Perchè dunque non si affrettò a compiere l'opera per cui era venuto, e gliene aveva dato potere la Morte, perchè contemplando, di gran pianto si riempivano le orbite de gli occhi? Quale nuova pietà o nuova idea era maturata in lui in così breve tempo, a la vista de le sua casa e del suo figliuolo addormentato?

Forse pensò che, se a quel suo viaggio si era mosso per il bene del figlio, nessun altro bene poteva essere maggiore di quello di cui godeva, e che sorgendo dal suo letto, e abbandonando la sua casa, per quanti maggiori piaceri la vita vera gli avesse potuto somministrare, certo il suo riposo non sarebbe stato più così sereno e dolce come allora, e le sue guance sarebbero divenute pallide, e frementi le sue carni; forse pensò che era meglio, finchè gli era concesso, vivere ne la vita come in un sogno perchè così più si avvicina al sonno de la morte; forse lo vinse amore de la sua vita passata, forse chi sa, dinanzi a la inesorabile Morte gli parve che tanto valesse conoscere il vero come vivere ne l'errore, o, forse, meglio questo mirabile errore, gettato come disfida e ribellione de l'uomo contro la fatalità de le cose: fonte perenne di valore e di eroica bontà.

***

Vero è che G. Giacomo non disse le magiche parole al figliuolo, e questi non balzò dal suo letto, non s'armò per la battaglia, non abbandonò la sua casa, ma visse in quella come era vissuto suo padre, visse coltivando la terra e ben profondo immergendo l'aratro nel suo misterioso seno che sotto i morti raccoglie e su fa rifiorire l'odoroso frutto de la vite e de la spica: così tu pure, o mite lume de la Madonna, ardesti intatto tutta quella notte e molte altre ancora; e la Madonna, soave bambola mistica, simbolo vano, che pur diventa realtà per le secolari lagrime umane di cui si pasce, e che ella trasmuta nel fiore de la speranza, la Madonna sorrise ancora radiante e vincitrice da la sua tela.

***

Lo spirito doloroso di G. Giacomo ritornò ne la sua tomba; e intanto per la cilestre distesa del mare si levava il fremito del vento che precede l'aurora: le acque s'increspavano rabbrividendo a l'appressarsi del sole; il quale sorgeva, fresco come lo sposo dal suo letto; il sole che, come canta l'antico poeta, impone il giogo ai buoi e chiama gli uomini a le semplici e liete opere de la vita.

Liked This Book?

For More FREE e-Books visit Freeditorial.com